재와 사랑의 미래

재와 사랑의 미래

김연덕 시집

민음의 시 283

민음사

희미한 기호였던 ＿＿＿＿＿에게

빛이라는 단어가
빛처럼 생겨서 좋다.

2021년 3월
김연덕

1부

2부

1부

긴 초들

타는 냄새.

모든 것은 빛에 대한 정보의 빈약에서 비롯된다. 각도에
따라 다르게 솟고 다르게 깎이는 얼굴처럼
   그중 몇 개와 사랑에 빠지는 것처럼.

꿈속과 꿈 밖을 오가듯 힘을 뺀다. 숨을 참는다. 다리를
뻗고 몸을 반으로 접는다. 한 시기가 지나도 끝까지 남아
커져 가는 것들에
   나 자신에
   대항하지 않는다.

기대 없이 불 없이

가장자리를 지우며 다가오는 호흡이 있다. 이곳과 조금
어긋나는 속도가 있다. 뒤늦게 알게 되는 단순한 사실들
은 마음에 어떤 길이로 덧붙여야 적당한 걸까. 20센티미터
22센티미터 하얗게 끊어진 형태의 어둠을 무거운 촛대에
조심스럽게 꽂는다.

가져 본 적 없던 손과 발이
뜨거워진다.

긴 초

    비. 소파 곁에 놓인 어둠을 주무르다 창밖에 던져 넣는 손이 있었다. 문고리를 쥔 채 노곤한 기운 속에서 한참 밖을 내다보던 손은 황금소나무 잎사귀에서 떨어지는 물소리를 듣는다. 잎사귀와 잎사귀 공기 방울과 빗방울 빛과 빛 사이사이로 자기 몸이 통과하는 소리 거칠고 작은 입자들이 살갗에 튕기는 소리 어둠의 한 귀퉁이가 찢기는 소리를 듣는다. 젖지 않고 부풀지 않는 손은 다 타 버린 나무 타 버린 종이의 질감을 오래 기억하지만 아직 살아 어디론가 향하는 말들, 다른 소나무와 다른 공중을 떠다니는 말들보다 조금쯤 느려 완전히 낯선 얼굴이나 완전히 익숙한 얼굴은 만나 본 적 없다. 만져 본 적 없다. 그렇다면 내가 만지는 것은, 내가 보고 내가 듣는 것은 어디쯤 멈춰 낡아 가고 있는 것일까 혹은 어디쯤에서 태어나고 있는 것일까 손은 궁금하지만 매순간 모습을 바꾸는 물방울 속에 어지러운 잎사귀 속에 더 머물지 않고 고개를 든다. 현재라고 하는 순간 빗줄기에 조용히 달라붙는 유리를, 현재에서 먼저 벗어나는 입술을 본다. 빛. 가 본 적 없는 나라의 말을 배우고 천년 전의 조각상과 눈을 맞추고 아무도 없는 복도를 끝까지 걸어 보다가 비스듬한 고독 환한 의심 가운데 하나씩 타오르는 초를 그린다. 전기를 끈다. 눈이나 비에 젖지 않는 손은 잎사귀 뒤의 잎사귀가 흔들릴 때마다 갑작스런 열기가 나무를 뒤덮을 때마다 반짝이는 잎사귀와 벌레 먹은 잎사귀 가지 끝에 간신히 매달린 잎사귀를 몇 장까지 셌는지 잊어버릴 때마다 스스로에 대한 확신이 부족한 것 같은 기분을 느낀다. 찢긴 소리는 여기저기서 다른 소리가 되고 누구와도 닮지 않은 몸이 되지만 자신으로 살아야 한다는 말은 너무도 희미해 물처럼 살아야 한다거나 나무처럼 살아야 한다는 말 컴퓨터처럼 살아야 한다는 말과 다르지 않게 들렸다. 정적으로 산발적으로 들렸다. 비. 무거운 이름의 소나무가 빛난다. 벌어진 채 바깥으로 흐르던 귀퉁이가 멎는다. 뭐라도 바꾸고 싶은 것처럼, 뭐라도 바꿀 수 있는 것처럼 손을 쥐었다 펼 때, 가 본 적 없는 나라의 인사말을 더듬더듬 연습할 때 어둠은 손을 사용하지 않고도 긴 초를 꽂고. 수상한 가능성과 달라지는 공기를 견딘다. 타는 냄새. 소파에 앉아 다시 찾아오는 어둠에 기대는 동안 낮에 일던 빛 낮에 일던 사랑이 몇 개의 유리창을 두드린다.

재와 사랑의 미래

우리는 나란히 누워 천장에 길게 난 유리를, 그 위로 일 렁이는 나무 그림자를 바라보고 있었다. 손을 잡고 눈을 감고 반쯤 잠들어, 그간의 어떤 오후보다 사이가 좋게.

스스로 망가뜨린 기억도 잊을 수 있게.

나는 고개를 돌려 네가 움켜쥔 이불을 보고. 늘어나는 구석을 그대로 둔다. 네가 싸우는 싸움을 다 알 수는 없다.

가루가 날린다. 바닥이 기운다. 마른 잎이 하나씩 바스 러진다.

굳게 잠긴 문고리를 흔드는 바람. 깨우는 사람도 없는데 숲이 환하다.

정했던 마음은 왜 실내에서 금방 녹을까. 지속되는 운동 은 왜 밖에 있을까. 되뇌일수록 어제들은 가벼워진다.

완전한 암흑에서만 떠다니는 먼지가 있어. 꼬리가 타야 단단해지는 대기가 있어. 너는 휴지를 뭉쳐 운석들 간의

충돌을 설명하고. 나는 태아처럼 웅크린 채 그걸 듣는다.
일어난 적 없는 일이 서서히 부풀다 빛에 싸여 부식되는
순간을 본다.

뒤척여도 같은 색을 띠는 얼굴들.

부서지는 온도를 짐작하지 못한다.

가까스로 낮과 밤을 구분할 수 있을 때
가지런한 사물들은 어두워지고.
이 끝에서 저 끝까지 걸어 보다가 선반과 벽 사이에서
번지게 된다.

만져 보기 전에 모두 스미게 된다.

눈을 뜨면 가지보다 낮아진 하늘. 어떤 균열도 소리도
없이 창이 깨진다.

맞잡은 손 바깥으로 잎이 모인다.

대폭발은 책에서나 보던 단어라 종말이란 말도 그저 농담 같구나.

))

솟는 이마. 열리는 문. 흐르는 햇살. 지나간 이들의 이름을 부르는 너의 옆에서 여전하게 자라나는 손톱을 본다.

함께 보낸 시절들을 돌이켜본다.

숨과 숨을 비껴가는 투명한 고리. 걸어 볼 수 있을 만큼 둥글고 크다.
함께 만든 먼지가 달라붙는다.

생명은 가끔 끔찍하고 거짓말 같아. 나부끼는 옷깃에도 티브이에도 희망에도 유리에 베인 살갗에도 깃들어 있다.
"수고했어, 처음부터 기다리느라……." 미안해하는 너에게도 남아 있는 것.

무감과 무연은 하나로 연결돼 있다. 예감할 수 없는 빛 속에서 나는 웃는다.

마지막은 왜 드라마 같은 느낌을 줄까.
정리될 의지는 누구부터 가지는 걸까.

창틀처럼 딱딱하고 무표정한 시간이 우리의 마음을 관통해 지나가고 있다.
어디로 갈지 모르는 방과 입술들. 그대로 두면 튀어 오르는 몇 마디 말들.

좋은 것만 떠오르는 하루가 있지. 어제의 수치도 배경처럼 느껴지는 오후가 있다. 그런 날엔 할 말부터 잃어버리지. 쓰레기통에 가득 찬 운석을 들여다보며 이곳은 참 좁구나 생각하다가. 내가 버린 것을 꺼내 펼치고 나면, 내일이 또 올 것처럼 휴지를 산다. 동그랗게 뭉친 말을 굴려도 본다.

해가 지면 멀어지는 것들이 있다. 손대지 않아도 갈라지는 구름이 있다.

고리가 다 끊어지면 무엇을 할까. 국수를 넣고 멸치 국물을 마시고 싶다. 투명해지는 얼굴을 감추고 싶다.

방치할수록 조금씩 커지는 감정.

돌아누워도 움직이는 등을 안는다.

((

세계의 끝은 나뭇가지로 설명하기 어렵다. 점으로도 선으로도 같이 꾸는 꿈으로도. 물이 끓는 시간처럼 정해진 게 아니다.

불붙은 가지 위로 박히는 조각.

국수를 삶다 한 줌을 더 넣어 본다. 부족하진 않지만 남

기고 싶어. 냄비가 넘쳐 흐른대도 만들고 싶다. 완성되는
맛은 낭비. 그리고 온기.

남은 빛은 티브이에서 보도해 준다. 커다란 집에 모여 있
는 사람들이 나온다.
밀치기 전에 머뭇대는 손발이 작다.

창백한 기도는 서로의 이름을 무너뜨리고, 고요를 다른
고요로 덮어 버리고.

불지 않는 국수가 희고 가늘다.

죽어서도 손톱은 자란다는데
먼저 멎는 손톱이 부러워진다.

((

천문대에 오른 적이 한 번 있었지. 인파를 헤치고 계단
에 올라 렌즈를 돌려, 아름다운 유성이 슥 지나갈 때.

불분명한 미래만이 전부였을 때.

너는 어깨를 흔들며 소원 대신 끝을 물었다. 여기 지구
보다 거대한 돌이 떨어져, 한순간에 사라지면 어쩔 거냐고.
이게 다 예정되어 있다면 넌 뭘 할 거냐고.

미리 겪은 사람처럼 서 있는 네가 망원경을 만지다가 허
공을 본다. 눈물을 닦고 고개를 털고 부은 눈을 깜빡이다
담배를 피우고. 무언가를 꾹 참는 듯 입을 다문다. 타지 않
은 몸이 되어 떠다니는 운석들.

지표면의 중심에서 흩어지는 유리들.

우리를 이끈 어두움은 어디서 왔나.

흩어지는 입김이 숲을 만든다.

그럼 나는 별장에서 나무 볼 거야. 들어가서 하루 종일

안 나올 거야. 슬픈지 지루한지 갑자기 막 화나는지 옆에 누울 너한테도 물어볼 거야. 다르다면 눈을 감고 느껴 볼 거야. 주위가 암흑처럼 어두워지면 하지 못한 말들도 다 뒤집어 놓고 부러지는 소리만 기다릴 거야.

한 줄로 서서 내려가던 사람들이 발을 멈춘다. 계단의 돌이 그림자보다 가팔라진다. 목덜미로 파고들던 겹겹의 흰빛. 네가 먼저 본 것들은 어디 갔을까.

팔짱을 끼고 재잘대도 너는 별말이 없고. 나는 빌었던 소원을 잊은 채 걷고 걷는다.

밀려오는 가능성에 맞서 싸운다.

혼자 남은 방 안에서 오르던 열꽃.
내가 하는 싸움을 네가 알 수는 없다. 망원경을 쥐어 줘도 볼 수가 없다.

한번 생긴 숲은 아마 계속될 테지. 우린 때로 산책하고 같이 눕는다. 새로 자란 피로를 나눠 가진 채, 먹고 싶은 것들도 떠올리면서.

들어오기 전으로는 돌아가지 못한다.

유성에서 비롯된 일은 아니다.

)

그림자를 덧댄 식탁에 그릇을 둔다.

기울어 가던 바닥이 잠잠해진다.

영원. 또는 먼지. 또는 어리석은 냄비들.

나무를 가르며 천천히 다가오는 운석이 보인다.

（（ ）（

　떠올려보아라그날의분리와상상과달빛을돌이킬수없는밤
이남기고간돌들을말과창과구멍과식어있던계단을발목덮고
따라오던환하디환한냉기가모여앉아여기서또우주몇개만든
다심심하면코풀듯다없애보려고직전에는마음도좀가져보려
고착각이뭘구하는지알아보려고그래역시네사랑은이런걸몰
라네사랑은미래보다앞서있는것이해할수없는곳에발을들인
대가가돌림병처럼지겹고혹독하여도반복되는충돌만은멈출
수없어미움받지않으려는그저그런나열과입술햇빛나무국수
세상모든안간힘움켜쥔펜한자루가맥락들을지운다소용없어
늦은납득돌아선등도사라짐을겪어본쓰레기통도나라고단지
나라고기다려주는다음세계옵션들인간적인선택지와예의바
른숲그런거는아니지낡았으니까처음부터그렇게만열렸으니
까그치만또들어간다더할것도없어서비유도정황도책임도없
는세계와네끝으로별장속으로

렌즈

　　숲길　　　　　　　　　첫

　　　　　　　　　　　　　　너

　　　　방　　　　　그림자와　누구든

돌

　　　　　　내　　　빛

　　　　　　　　둘

　　　　　　　　　　따라

셀 수　　망원경

　　　　　　　　조각이　　　없는

흰　　　　　　　　　밤

　　사람들

　　　　　　　　　　　　　　가스

몰래　　저곳 사람들　　　　　다

높이　　　　　　　더　　　높이

　　　　우리?

　　　어　　　　채워

네 것   우스울 때

멎는   해
                     왜냐하면   넌
생각보다

       미안합니다   휙

모든   냄비들
     있다   돌이킬

     나와   암흑, 또 암흑
                                     넌
   걷자 그냥 걷자
                    파고들던
섬광
                                     쌓여

       새로운   눈   그리고
   바닥   응,
            없어요

((

　가까이 붙어 숨 쉴수록 기우는 바닥. 우리는 나란히 누워 일렁이는 나무 그림자를 본다.

　스스로 망가뜨린 기억도 잊을 수 있게.
　손을 잡고 눈을 감고 반쯤 잠들어,

roundwood

거실 창에 걸린 천이 흔들린다 햇빛과 악몽을 막아 주는 아름다운 이 천은 내가 이사 오기 전부터 걸려 있던 것으로 전에 살던 사람이나 그 전에 살던 사람, 어쩌면 그보다 오래전에 살던 사람들이 걸어 둔 천이다 나는 그들의 언어와 생활 습관, 옷차림과 걸음걸이를 모르고 생일과 기일과 오래전의 기념일, 이제는 지나가 버린 매일매일을 모른다 옆모습을 모른다 어떤 날씨에 기뻤는지 어떤 사람 때문에 화가 났는지 어떤 음식에 감동받고 어떤 음악에 외로웠는지 어떤 일로 짐을 싸고 집을 비우고 메모 한 장 없이 떠났는지 그리고 언제 이 거실을 이 천을 다시 떠올리게 되었는지 모른다

하지만 시간은 늘 내 느낌과 상관없이 흐르고 사람들은 상관없어진 이야기와 마주해야 했을 것이다 천과 벽과 바람이 만들어 내던 각도에 대해 씨실이 악몽 대신 비춰 주던 그림자에 대해 직물의 무심함에 대해 떠올려야 했을 것이다 그들은 아마 종종 걸음을 멈추고 뜨거운 햇빛 속에 멍해졌겠지만 무언가 더 기억하고 싶었겠지만 거실도 천도 곧 잊게 되었을 것이다 새 악몽에 어울리는 새 감정을 찾

아 새 천을 찾아 떠났을 것이다 다른 말을 쓰고 다른 옷을
입고 다른 걸음걸이 다른 기분으로 모르는 음악을 들으며
지겹도록 많은 일이 일어나는 집으로 모든 것이 현재인 집
으로 살아갔을 것이다

이 집에 살다 간 사람들은 모른다 내 옷차림 내 세탁법
내 한국어와 내 걸음걸이를 이 순간이 지나면 영영 사라져
버릴 오늘 나의 기분을 나는 어두운 거실에 우두커니 앉
아 나의 아름다운 천이 좌우로 움직이는 것을 본다 내 얼
굴과 내 몸을 가려 주는 것을 본다 비밀 메모처럼 과거처
럼 한때 벽이나 기둥으로도 살아 본 것처럼

빙하의 빛
또는 가끔가끔 진짜일 수 있던 빙하

기적을 믿어?

빛에 마구 섞여 드는 빛 입자에서
감아도
떠도 마찬가지인 두 눈 속에서
잠보다 조용히 떠다니는
얼음 조각 위에서

가느다란 실을
관계를

지친 채 커져 버린 사랑을 믿어?

숨을 헐떡이며 돌아온 너는 들려줄 말이 있다고 했지.
태양 빛이 조금 지워 버린 너의 귀는 오래전 우리가 심었던
나무 아래서도 꽁꽁 얼어붙어 있었어. 조그맣고 슬픈 고집
처럼, 어설픈 가장자리처럼. 알 수 없는 미래처럼. 너는 가
방에서 윤기 나는 솔방울 여럿을 꺼내 자랑스레 돗자리에
늘어놓았다.

이건 꿈, 이건 바다, 이건 혼란, 이건 절벽, 이건 플라스틱, 이건 검정, 이건 대통령, 이건 무지개, 이건 권총, 이건 테이블, 이건 기쁨, 이건 침묵, 이건 모서리, 이건 시위대, 이건 용기…… 솔방울 한 알이 이토록 가볍고 평평하고

시시한 우주라니 나는 네가 '이건 사랑……' 말하지 않기만을 바랐고

손을 뻗어 차가운 네 귀를 매만졌지.
너뿐인 너
솔방울인 솔방울을 제대로 부르고 만져 보기도 전에. 놀이하듯 갖거나 내팽개치기도 전에.

빛을 받아 반짝이는

한 무더기의 세계가 너무 추워 보여.

이 숲과 저 숲
저 숲과 이 숲을 잇는 꼭짓점은 자꾸 옅어지기만 하고

나뭇가지를 지우며
호수를 감싸며 조금씩 다가오는 직사광선이
우리의 손등에 골고루
천천히 내려앉는 동안

네 귀는 전혀 다른 생물이 되어 가는 것 같았어.

믿어?

엉망진창 뻗친 호수

투명한 냉기가 이토록 빽빽하게 심긴 숲속에서

윤곽도

과거도 미래도 가늠할 수 없는 수면 위에서

부서진 귓바퀴
규칙적으로

젖는 소리

가장자리의 가장자리
슬픔 옆의 슬픔처럼

네 옆에 눕는다.

이건 곡선, 이건 부드러움, 이건 파도, 이건 파랑, 이건 별,
이건……

일관성 있는 우주는 폭발 직전 한 번씩만 있어서
귀밑 솜털이
수면이
거짓말처럼 흔들려.

사람의 몸이 종이처럼 접히지 않는다는 사실이 얼마나 다행인 일일까. 잠들었을 때 누가 꼬챙이를 집어넣어 울음을 꺼내면 아코디언 모양으로 접혀져 있을 거야. 그만큼의 소리도 못 내면서, 찢어지지도 못하면서.

느끼지 못하는 살갗에도 작은 소용이 있는 걸까?

파도가 부푼다
보채는 빛 속에서

어둠 속에서

믿을 수 있어?

차츰차츰 멀어 가는 귀

떠다니는 얼음 조각

입술과 입술
마음과

마음이

잠시 붙었다

떨어지는 소리

무더기 언어

섞이는 하양

기적 없이 사랑을 말하는

투명하고 시끄러운 희망

포프리*

문밖에 너무 많은 삶이 있어
문을 닫았지
안쪽으로 걸어 들어갈수록 나는
내 나라에 가까워지는 것 같아
창은
완전하고 고전적인 비바람을 차단시키며
꽃집은 반쯤 죽은 채 세로로
깊은 구조를 가진다
파헤쳐진 정원 같은
작업대에는 몇 개의 가위가 있을까
피고 잠들던
각기 다른 공동체 어지러운
토양 사이를 할 수 있는 한 많이 거닐며
소유하는 상처

유리병 속 물이 자연생활의 무겁고
부드러운 소음을
산책하는 어둠을 가둘 수 있을지

놓아줄 수 있을지
알 수 없다
겨울축제 적막처럼
여러 겹으로 두려워지고
조용해지는 다발
시드는 미지는 생활에 강하며
조금씩

섞여 있는 기억들까지 제 나라로 점한다

품에서 벌써
다른 사람 손끝 다른 집
거실을 기다리는
차분히

조각나는 땅

문밖을 나선다

산 채로 내리는 비를 맞는다
줄기들의 구멍으로 어두워진 병을 보고
상처 입는 사람은 적을 것이다

* 여러 종류의 꽃을 높낮이 없이 동그랗게 만든 꽃다발.

재와 사랑의 미래

"잘 살자,
이제 잘 살자."
도와주려는 사람들이 있었다.

따뜻한 실내에서
담요를 덮고
벙거지 모양 기구를 쓰고
복잡하게 고안된 금속 컴퍼스를 쥐고서
눈을 감았다.
원을 그렸다.

무엇이 보이나요? 드넓게 펼쳐진 눈밭 위에서 아득하게
들려오는 심령술사의 목소리.

누구도 밟지 않은
어떤 소리라도 금방 사라지는 눈밭 위에서
벌거벗은 채

수영하는 한 남자가 있고

남자는 추워하거나
손 흔들거나 웃지 않는다.
그렇다고 나를 외면하는 것도 아니다.

다만 허공에서 허우적대는 그의 두 팔이 햇빛에 검게 예
쁘게 그을린 것을 보았는데
그것이 무섭도록 내 마음을 끌고
걸음을 끌었다.

그 누구도 밟지 않던 눈밭에
한 걸음
두 걸음 내딛는 동안
날카로운 컴퍼스의 끝은 어디를 향하고 있었는지

우리는 원으로 들어가고 있는 겁니다,

손에 힘을 주고 멈추지 마세요. 집중해서 계속 움직이세
요. 심령술사가 지시하고 묻는다. 무엇이 보이나요?

나는 대답한다. 안 보여요 아무것도. 컴컴해서 아무것도
안 보여요.

머리 위의 하늘과 빛
온몸을 뒤덮은 공기는 비현실적으로 청명하고

기구에 달린 전구들이 요란하게 번쩍이고

여기까지 어떻게 들어왔어요? 남자의 중얼거림과
거짓말 말고 말해요, 심령술사의 다그침
춥지 않아요? 나의 외침이
직사광선 아래 어지러이 놓일 때

이곳으로 걸어오는 남자의 얼굴이 보였다.
이곳에서 내내 얼어 갈
영원히 남아 있을 손을 뻗어 나는
그것을 어루만졌다.

그 순간 기구의 고리와 이음새가 내 머리를 세게 조이는

소리가 들렸고

　나는 거대한 입김이 내 얼굴과 남자의 얼굴까지 완전히
덮는 것을 바라보다 최면에서 깼다.

✦

　무언가 먹거나 읽을 수 있던 건 눈이 그친 후였다.

　심령술사는 기구와 컴퍼스를 들고 혼자 돌아갔다고 했다.
창밖으로 심령술사의 스키 자국이 길게 난 것이 보이고

　그 위로 겨울 해가 어둡게 내려앉고

　길목에 붙은 모든 집들이 부서진 장난감처럼 얌전하다.
벽난로에 모여 앉은 사람들은
　스쳐 간 얼굴들을 잊으려 서로의 볼과 볼을 맞댄다.

　그런데 왜 거짓말했니? 안 보인다고 아무것도 없다고 왜 그렇게 우겼어?
　진실을 말하지 않으면 기구는 못 쓰게 돼.
　담요를 고쳐 올려 주며 그들이 묻고

　사람과 겨우 비슷해진 얼굴로 나는 답한다.
　"간직하고 싶었어요."

　한 바퀴 다 돌 때까지
　바늘도 걸음도
　센서도 멈출 수 없는 것
　온 힘으로 기다려야 하는 것이어서

　컴퍼스는 늘 중심을 가만히 찌른다.
　조용하게
　벗어나지 못하게 원을 그리며.

　"간직하고 싶었어요."

　내일 내릴 눈으로 스키 자국이 덮이는 동안

유리, 종이
손바닥에 겹쳐 번지는 자국

눈밭이 몇 번 사라졌는지는 기억에 없다.

✦

한여름이었다.

나는 수영을 못했고 그는 수영을 잘했다. 육지에서 자란 우리에게 수영은 낯설고 신기한 운동이었지만 무리해서 배우지는 않아도 되었다. 어떻게 뜰 수 있는지 얼마나 멀리 갈 수 있는지, 육지를 잊을 수 있는지 알지 못했다. 나는 그 사실에 깃든 매혹을 알고 있었고 그는 그것을 보여 주었다. 그것만 보여 주었다.

작은 점으로 시작된 여름이 피구공만큼 커지고, 공중을 떠다니고, 점점 더 커지다가 제 스스로 터질 때까지. 빛에 찢겨 갈기갈기 사라질 때까지.

　그래서 나는 수영장에 가고 싶었다. 그래서 나는 수영장에 가고 싶지 않았다.
　나는 생각했다. 많이 하진 못했다. 대신 수영장 모서리에 자주 앉았다. 거기 걸터앉아 가만히 지켜보았다. 물살을 가르는 그의 두 팔이 수면 위로 나타났다 사라졌다 다시 나타나는 모습을, 햇빛에 예쁘게 그을려 가는 모습을.

　떠다니던 여름이 내 머리를 지나며 무릎 아래 거대한 그림자를 만든다. 크기와
　시간을 조금 초과해서 머문다.
　모서리를 따라 걷던 개미가 그 안에 갇힌다.

　원 안에서
　팔다리가 타들어 가는 소리

　은빛 다이빙대가 핑그르르 떨린다. 뛰어든 것이 나였는지 다른 사람이었는지, 모르는 사이에 내 뒤로 다가온 그

였는지는 기억나지 않는다.

✦

    컴퍼스나 기구 없이 먼 미래로 돌아갈 수 있는지 묻고
싶었다.

✦

    양극단의 시공간만이 서로를 잇게 할 수 있다고 믿었다.
눈보라
태양
물방울
죽은 매미들

지표면의 중심에서 빚어지는 마음들

엇갈린 채 얼거나 녹아도
잊히지 않는 눈빛이

동작이 있고

직사광선 아래 그것들은 섞이고 모인다.

다시 눈보라
어깨
타일과
뜨거운

눈밭의 얼굴

여기까지 어떻게 들어왔어요? 날 보고 있어요?

오래전 여기 남겨 두고 떠난
작은 나의 손,
나만 아는 심령술사가 묻는다.

무엇이 보이나요?

무엇을 말하고 싶나요?

무엇을 말하고 싶지 않나요?

✦

누구도 뛰어들지 않은
어떤 소리라도 금방 사라지는 수영장에 눈이 내린다. 내
릴 것이다.

"잘 살자,"

물살을 가르며 땀을 흘리며 태양 아래 누군가 빛나고 있
을 것이다.
그는 손 흔들거나
흔들지 않을 것이다.

나는 어느새 방 안에서
고리를 조여 주며

무언가 도와주려는 사람이 되어

"이제 잘 살자."

아무것도 보지 못하는 사람이 되어

수영모를 쓰고
복잡하게 고안된 컴퍼스를 쥔
미래로 가는 사람 곁에

모르는 사랑 곁에 서 있다.

나의 건설학교*

차갑다.

계수나무처럼 늘어진 전등의 술 한 올이
전체적으로 망쳐진 내 안의 실내 건축가 내 안의 자연에
게 갖는 책임감.

드문 입체감.

도배할 때마다 자리를 바꾸는 화장대와 장롱은 왜 정리
된 삶을 가로지르는 맨 끝 방에서 더 미숙해 보일까. 요란
하게 잊히는 피부 내가 보고 싶은 정원은
조그만 콘크리트 통에 머리를 담근 채 악쓰고 애를 쓰
면 볼 수는 있는 사람.

아무렇게나 칠한 니스 한 겹 벗겨지면

햇빛 속에서 반쪽만 나타나는 사람.

나무는

많은 동료들 사이 한 그루 열정을 숨기고

나는 나의 집과 집 안 곳곳을 채운 감정적인 가구들에게 영원히 고마워할 것이다.

✧ ✦

조는 학생은 늘 아름다운 평면을 아슬아슬 피해 가는 법.

세면대에 담긴 물이

바다처럼 끓는다.

젊은 인부들 같은 철근과 벽돌 무더기가 초록빛 정원 한가운데 놓인다.

퓨즈 나간 전등 아래 뜨거워진

피. 인부들은 언제든 구석 장롱 구석 평면을 깨울 수 있지만

다 잊게 하거나
윤나게 할 수 있지만

지붕을 조금 앞질러 자라는
나의 사랑은
주거 개발계획도 우발적인

실수도 아니다.

* 아돌프 로스, 『장식과 범죄』(미디어버스, 2018)에 수록된 글 제목.

2부

삼각산

ⓒ 박기호

60

나를 포기하고 나아가는 건 쉬운 일이다
소진되는 건

단순해지는 건 마구 내달리다 잠에 빠져드는 건 그보다
더 쉬운 일

귀찮게 쌓아 올린 돌탑 같은 일이다

미움도 피곤도 모르는 애인아, 며칠째 눈만 감으면 천장
과 벽과 바닥이 온통 나무로 만들어진 저택이 보여 차가운
나뭇결 쏟아져 굳어 버린 촛농이
한 발 두 발 내딛을 때마다 삐그덕거리는 오래된 계단이
보인다

맨 얼굴로 조용히
끓는 빛

애인보다 빨리 솟는 눈앞의
층계

바삐 뛰는 슬픔은 늘

처음같이 낯선데

저것을 오르면 나만의 여름산 작은 계곡이 펼쳐질 거란

걸 나는 어떻게 이미 알고 있는 걸까

주머니 속 구슬

둥근 촉감

소리를 버린다

빗장을 열고

한쪽 어깨로 나무 문을 민다

잠과 나 사이 눈부시게

꺾어지고

이어지는 산

매일 밤 새로 태어나고

무너지는 산

여긴 너도 없고

나도 없다

거칠고 하얗고 익숙한 풍경 까마득한 정상이 녹아 조금씩 깎이고 뭉쳐지는 산맥 앞에 서면 왜 눈물이 나지 살과 이슬 크고 작은 선분과 신음들 엎드린 채 지지부진 죽어가는 모든 걸 어째서 한순간 다 잊게 되는 걸까 싸우는 정적 온 힘 다한 정지는 대체 언제 알게 된 걸까 처음 이곳에 도착했을 때 이름을 붙여 주었지 mountain이나 やま núi 대신 산

촌스럽게

꺾어진 봉우리 모양대로 지은 「삼각산」

뒤엉킨 언어

반쯤 녹던 발바닥이

사라지는 속도로

어두운

따뜻한

물

소리 없이 흐른다

텅 빈 바위
굳건한 틈
응결된 사랑으로

포기로 가득한 삼각산에 가는 것이 나는 좋았다

기슭에서
한꺼번에 일렁이는 초

희고 둥근 빛 앞에 쭈그리고 앉아
뜨지도
지지도 않는 해를 바라보면
악 쓴 것처럼 뜨거워지고
침착해지는 기분

계곡이
분다 눈물처럼

돌탑 위에 같은 돌을
다시 얹는다
조금도 재미있거나
아름답지 않은

반복

서툴게 맞닿은 선분이 꿈도 순서도 없이
산맥으로 향할 때
돌탑 너머 검은 난초가 피었지

애인에게 들려줄 시를 쓰는 동안

소진되는 건 쉬운 일이다

분출하는 건
포기하는 건

기진맥진 반쯤 지워져 입구를 찾는 건 시보다 더 쉬운 일

문고리를 돌리고
어깨에 묻은 눈을 털고
내려온다
발바닥 없이

산 그림자
흐르는 피
차갑고 환한 그늘 속

눈을 뜨면

책상에 아무렇게나 놓인 언어와
난초

애인과 닮은 돌을 버리고 고른다

말 없이 자란 애인과

빛

소리가 돌아온다

여름장미

던졌는데 어딘가로 사라져 버린 공처럼 공의 공포처럼
잊히지 않는 밤이 있다 그것은 날이 밝으면 고개를 수그리
고 물을 끓이고 처음 보는 사람들 사이에 앉아 커피를 마
신다 창밖에 흐드러진 장미에 대해 말한다 어떤 죽음이 그
렇듯 상담사가 그렇듯 그것은 주목받기도 주목받지 않기
도 하지만 사람들에게는 저마다의 공이 있어 저마다의 여
름밤 잃어버린 빛이 있어 몇몇은 주전자에서 흐르는 물소
리에 사로잡히고 다정하게, 남 얘기처럼 밤은 작은 잔에 나
누어 담긴다 저기요, 당신 언젠가 만난 적 있는 것 같아요
저기요, 말이 잘 통하네요 어디선가 들었던 말을 흉내내며
한 시기가 지나간다고 느끼며 눈물을 닦으면 꼭 맞는 모서
리에 기대는 기분이 들고 다각형이, 어른스러운 다각형이
되어 가는 것 같지만 실은 공기가 둥글어지고 있는 것이다
주먹 쥔 손이 벌어지는 것이다 잠든 머리 위에 공이 하나
씩 떠오른다 이상한 점선을 그리며 회전한다 물소리가 멎
고 빛은 여기저기서 얼굴처럼 부풀어 오르고 마지막 잔이
채워지기 전 해가 진다 돌아오지 않는 건 돌아오지 않지만
허공에 잠시 멈추었던 공은 어디로 갔을까 나뭇가지를 부
러트렸을 수도 누군가의 머리를 쳤을 수도 여전히 손 안에

있을 수도 처음부터 없었을 수도 있다 대부분의 공은 장미
와 관련이 없다 대부분의 공은 다각형일 수도 있었다 부드
러운 모서리의 장미는 시끄러워지자는 듯 돌이킬 수 없는
말을 돌이켜보자는 듯 끓어오르듯 핀다 그 안에도 공이
하나쯤 숨어 있을 것 같다 어떤 얼굴이 눈 뜨고 있을 것
같다

아이스버그

팔꿈치끼리 맞닿아
사랑을 할 때
우리는 간다
선인장이 사는 집으로

병들거나

고립되지 않는 곳으로
무심코와 천천히를 데리고 간다

사람보다 식물이 많은 곳에서

사람으로 손 잡은 우리는 사람으로 낮을 느끼고 사람으로
느낀 낮을 나누지 않고
선다
이렇게 기다란 선인장은 처음 본다는 말과
이렇게 매끄러운 팔을 처음 본다는 말이 다르지 않다 믿
으며

서로를 늘린다
원하는 속도로
무한하게

얇아지고 있다

어는 것과 녹는 것
유리 한 장 차이라면
너는 내 한계가 돼 가는 걸까

안쪽이
우후죽순 부푼다

다 기억하거나
다 버리는 방식으로

식물들은
말없이 잘 있는다

—

비치는 밖

눈을 감았다 뜬다

부딪혀 반사되는 모든 것이 환한데
한순간 정전이 된 것도 같다

아름답지
잎과 잎을 관통하는
전류 속에서
우리는 사랑하기 좋은 팔을 가졌구나

계속해서 자라면 선인장은 천장까지 닿을 거야 가시가
빛처럼 박혀 유리는 깨지고 말 거야
나는 끝을 묶어 두면 된다고 했고
너는 끝을 베어 내면 된다고 했다

얇아진 얼굴

사다리 없이도 믿고 싶은 것이 있었지만

반으로 가르면
즙 대신 피가 나올 것 같았다

———

먼지가 앉는다

고요히 폭발하는 팔꿈치가
다음 이야기

식물보다 사람이 많아지기 전까지

우리는 갇혀 잠시
그대로 있다

rose wood oil

수용성 초.

불붙이고 잠들 때 내가 무엇을 잊을 수 있는지 가장 여
러 향이던 산책
　뜨겁던 내 건물들의 통로나 대화의
　아름다운 끊김 같은 것을 다시 열고
　편집할 수 있는지 건물 지하 벙커에
　묻어 둘 수는 있는지

　미리 알고 택할 기회가 있었다면 나는
　초 만들기에 평생을 바쳤을 것이다.
　노련해지기 위해 더는 죽이지 않기 위해 자연광 속에 고
개를 젖힌 채 다
　잊은 채 대화에게
　대화 이상을
　요구하지 않으며
　우아한 할머니로 산책하기 위한 동작이 되었을 것이다.
춤추라 시켜도

응하지 않았을 것이다.

이 건물은 왜 오래 묵거나 훌쩍 떠날 만큼은 충분히 아
쉽지 않은 구조와 자재로 이루어진 것일까. 적당히 비밀스
러운 지하를 가지지 못한 것일까. 반만 어두운

창

지용성 노동.

초 수집이나 초 만들기는 신의 영역도 보호받아야 할 전
통도 아니다. 날뛰는

현실을 위한

분위기 못 읽는 통로들의
눈물을 위한 벙커의 짧은

산책일 뿐.

사랑의 미래

빛보다 느린 물
스위치 뒷면에서
한 박자 먼저 흐르는 전기

둔한 사물들은 모두 시간 차를 두고 데워지네

이 침묵보다 조금 시끄러운 침묵이 켜지는 사이 그릇 위
얼음산이 녹는다
　그릇 주위에서 벌어지는 일과 무관한
　비가 내리고

불안하게 아늑한 실내는 때로 내 얼굴만큼 낯설다

재와 사랑의 미래

너에 대해 말하려면 안전한 공간이 필요하다. 나무와 비닐, 벽돌과 대리석, 견고한 콘크리트와
유리와 빛. 부수거나 쌓을수록 다른 크기 다른 모양이 되는

어떠한 재료로 지어도 무방하다.

그늘은 창보다 조금 늦게 오고

설계하는 사람은 모든 공간을 천천히
기울게 한 채

비운다.
밝은 방 어두운 방을
잇거나 나눈 질서는 이곳에서 일어나는 작은 소용돌이와 얼마큼 닮아 있을까.

사방이 뚫렸다는 사실에 겁내는 거실이 있다.

단정한 가구
참는 식물
피투성이 어둠이

거기 쭈그려 앉아 얼음산을 깎는 네가 있다. 크지도 작지도 않은 중간 사이즈 각얼음 앞의 너는 아주 어리고 아주 느려 어떻게 보아도 너 같지 않고 어쩐지 지금보다 지친 얼굴 나이 든 얼굴을 하고 있는데 그늘과 커튼 어스름에 반쯤 겹쳐진 사람 조용히 몰두하는 사람이 너라는 걸 한눈에 알 수 있다는 사실이
이 모든 확신과 상관없이 너의 양손이 계속해서 움직이고 있다는 사실이 이상하다.

언제부터 앉아 있었어?
물어도 너는 듣지 않고

뒤돌지 않는다.

등 뒤에서 이는 먼지
잠깐의 열기. 확실해지면서
동시에 흐르는 입체.
대열을 이루어 얼음 주위를 부드럽게 떠다니던 사각형
오각형 육각형 모양 미래가
내려앉듯 회전하며 네 손을 관통할 때
너는 너도 모르던
근육을 움직여

너도 모르던 산맥을 처음 깎는다.

오래

오래 쏟아지는
기슭과

빛
영원처럼 멈추는

커튼 사이로

눈부신 구릉

단단한 물이 흐른다.

준비 운동에도 영혼은 쉽게 기울어져서

나는 너의 등에 귀를 대고
소리 없이 웃는다.

하나 꺼트리면 하나 켜지는
불빛 속에서

스스로 잊어야 오를 수 있는
산 정상에서
우리는 우리도 모르는 시간을 얼마나 오래 껴안고 버리

며 걸어온 걸까.

늦은 오후 둘 사이를 오가는 운동이 이 차가운 안식과 기쁨이 어디서 왔는지 우리는 알지 못한다. 얼마나 자주 오는지 자주 가는지 얼마나 자주 머물고 헤매다 잦아드는 지 알 수가 없다. 내달리는 피. 고요한 떨림. 깊고 투명하고 밝은 곳에서 더 빠르게 중심을 잃는 나는

나보다 먼저 정상 밖으로 밀려나는 너 어느새 저 복잡 한 기슭과 하나로 보이는 너에게 기대 우리 눈동자에 하나 씩 들어차는 구름을 나를 가둔다. 집도 난로도 그늘도 모 두 잊은 채 나무 그림자에 묶인 발이 얼도록 내버려 두면

어두워지는 오늘에 다시 잠기는 우리.

이토록 확실한 추위를 느낀다면 어떻게 해야 해? 아무것 도 탓하지 않는 너를

침묵이 누르고 지나갈 만큼 가벼운 너를 어떻게 안아 줘 야 해?

잠들 듯 깨어날 듯

구멍 난 빛이
발밑에서 끝없이 움직이고 있어서

물과 눈썹
사랑과
조용한 이끼가
엇비슷한 언어처럼 사람들처럼
환하게 뒤엉켜 얼어 가는 광경에 너는 조금 놀란 채 멍
한 얼굴로
심장 앞에 가만히
가까이 선다.

넘어지는 자세
거칠게
우거지는 몸

슬픈 관절 어지러워 멈추고 싶어

생각으로 내 상상으로만
달리고 싶다.

적막을 뚫고 부푼
온기

얼음 조각들

우리는 그것의 소리나 형체만 주워

유심히 바라보고
듣고 살피지.

표면에 맺힌 상이 제각각
다르게 반사되면

시간 차를 두고

하나씩
무너지는 산맥

기분을 보호하려고 천장이 높아지는 동안

따뜻한 숨이

그릇에 고인 물이 흘러넘친다.

네가 깎은 산은 얌전히 앉아 조는 산 풀도 흙도 바위도
얼굴도 없이
투명한 얼음 불안과 조명으로만 이루어진 산
부엌과 거실
어두운 욕실 한 켠에

치워 둔 채 돌보거나 신경 쓰지 않아도 다른 크기 다른

모양이 되는 산이다.

부끄러움도 실망도 잘 감추는 너는
누구든 숨을 수 있는
숲을

깊숙한 방을 꿈꾸지.

커튼 사이에 놓인
정교한 수치.

우리가 만나 새하얀 산에 오른 건 느리고 희박한 온도
가 된 건 그곳에서 서서히 그리고 완전히 다른 사람이 되
어 내려온 건 한참 뒤의 일인데 너는 어떻게 이 산을 알고
있을까 왜 모든 축제 모든 정적을 겪은 사람의 얼굴 다 잊
고 이겨 낸 사람 얼굴을 하고 있을까 규칙적인 산맥과 공
기 부드럽게 치솟는 시간을 어린 너는 어떻게 견딜 수 있
었을까

반복해 겪을 고요와
불
환한 산길을 미리 알게 되는 건
소파와 화분 곁에 두고 우두커니 바라보는 건
섬광처럼
작은 세계처럼 미지근한 일
안전하고 흔한

죽음 같은 일이다.

검은 먼지

각진 얼음들이 돈다.

높이 솟은 심장과
침엽수

그늘 속에서.
누워 울고

싸우는

너의 옆에서.

도형들끼리 부딪혀 상처를 낼 때

산은
나뉘고 이어져
하나뿐인 계절
하나뿐인 방으로.

드문 거실로.

✧

　조금 전과 먼 미래를 가르는 빛은 지금 내가 보는 장면
과 얼마큼 닮아 있을까.

늦게
분명하게 물이 알게 될 사랑은

자신을 받친 그릇보다 어수선할까.

너에 대해 말하려면 입체 공간이 필요하고

설계하는 사람은
비운다. 모든 공간을 천천히

기울게 한 채.

잠든 사람의 친구들

기다리느라 늙고 지친 친구들은
아무거나
무엇이나 믿고 싶은 마음을 견뎠어요
다 같이 방문을 닫아 주면서, 둘러앉아 그가 키운 과일
을 깎아 먹으면서 다짐했지요

깨워 달라는 말은 이제 믿지 않겠다고

최선을 다해 즐거워져도 가을은 온다고요
오며 가며
닳아 버린 운동화 몇 켤레가 아깝지는 않았어요

다만
그가 여름에만 들고 다니던 바구니에서
복숭아들은 열심히 둥글어지고
원을 허물며
하나뿐인 헛소리

하나뿐인 세계가 되어 가고

거기선 미치도록 달콤한 냄새가 나 마지막으로 집어 보
고 싶었어요

멀리 떨어진 해변에서 주운 소라를 들어 조심스레 귀에
갖다 대면, 그대로 오래오래 숨을 참으면
눈앞의 파도와 가장 먼 파도
세상 모든 파도가 되고 싶었던
단 하나의 파도 소리가 밀려 들어오던 것을 떠올리면서

마음을 견뎠어요

곤두섰어요
털이
한 손에 꽉 들어차는 세계의 모서리가
겁에 질린 것도 같았어요
붉지도 희지도 않은 껍질처럼

물결에 사로잡힌 눈동자처럼

복숭아들은 각기 다른 모양으로 딱딱해졌지요

그는 아직도 깨어나지 않고
그들은 잠든 사람의 친구인 것이 좋았어요

유리 장미

눈두덩에 오래오래 내려앉는 어둠을 느끼며 둥글고 무거운 조명이 좌우로 흔들리는 모습을 지켜보며, 중심을 잡으면 잡을수록 한쪽으로 기우는 마음을 걷어 내며 네 곁에 서 있다. 첫 글자에서 온점으로 다시 온점에서 첫 글자로 끊임없이 이어지다 엉키는 문장. 오래된 의자에 기대 허리를 펴고 화로 위 언뜻 나타나는 불빛에 잠기고 팽팽한 직선 투명한 구슬이 달린 손잡이를 잡아 블라인드를 올린다. 켜도 꺼도 상관없어진 얼굴들 아래. 무겁고 어지럽고 환한 공 아래. 명도나 채도가 완전히 사라지면 사랑과 어둠과 돋보기를 나란히 두고 작은 풍경 불가해한 글자들을 한 자 한 자 읽어 내린다. 숨을 멈춘다. 참았던 숨을 내쉬는 순간 창밖을 넘는, 꽃 덤불 속에서 부딪치고 찢기는 문장. 무언가 버리고 무언가 묻히고 무언가 먹거나 물고 돌아와 날마다 새로이 읽히는 문장. 화롯가의 책은 그런 문장으로만 이루어져 있다. 그런 표정으로만 남겨져 있다. 한 장 넘기면 네가 앉고 두 장 넘기면 네가 달린다. 세 장 넘기면 네가 넘어지고 네 장 넘기면 너는 세상에서 제일 높은 언덕을 오른다. 다섯 장 넘길 때 네가 어떻게 되는지 아직까지는 잘 모른다. 다만 너는 언젠가 밝음과 어두움을 제대로 가늠할 수 없는 문장들, 길고 메마른 문장들과 같은 운명 같은 리듬 속에 있게 되는데 그것들 중 하나는 가까운 장미 덤불 속에 떨어져 갇히게 된다. 잊히게 된다. 물속으로 한 방울씩 떨어지는 공기처럼 부서지는 순간 가장 빛나는 유리처럼. 반만 남은 잎이 반짝인다. 투명한 선으로 연결된 구슬이 양옆으로 움직인다. 나는 구석구석 반발하거나 스며들며 조금씩 확실해지는 감각을, 가까운 네 미래를, 서로에게 부단히 영향을 미칠 우리 그림자의 존재를 갑자기 깨닫게 되듯 천천히 천천히 표지를 덮는다. 조명을 끈다. 언덕으로 내려앉는 겹겹의 빛 빛. 수다스럽고 새로운 사랑이 시작된다.

장미 유리

표지에 쌓인 먼지를 닦고 다시 책을 펼친다. 조명을 켠
다. 숲과 숲이 덤불과 덤불이 바람에 부딪혀 만들어 내는
작은 그림자. 흔들리는 부푸는 흩어지는 빛 얼룩. 나는 펜
을 꺼내 이미 여러 번 읽은 문장들에 밑줄을 긋는다. 귀퉁
이를 접는다. 조금 전까지 네가 이곳에 앉아 있었다. 부드
럽고 어설픈 덩어리처럼 누워 있었다. 이곳에 머물러 많은
얼굴을 많은 뿔과 많은 엉덩이를 보여 주었습니다. 계절 속
에서 끝없이 진해지고 무성해지던 덤불이 자제심 없이 겁
없이 하늘과 점점 가까워지는 동안 우리는 절대 깨지지 않
을 겹겹의 유리를 걷는 것 같았습니다. 터질 듯 터지지 않
는 장미 봉오리 같았습니다. 가지 끝에 매달린 잎사귀가
사람보다 모서리보다 어두워지면 화로의 불빛이 조금씩 타
오르다 꺼진다. 기억나지 않는 책장 사이사이로 우리의 그
림자가 계속해 내려앉는다. 네가 등장하거나 등장하지 않
는 문장 위로 이토록 반듯한 선을 그을 수 있다는 것이 끝
까지 따라 읽을 수 있다는 것이 놀랍다. 단순노동 하듯 긴
잠에서 깨어나듯 내 손과 상관없이 피어나는 장면들을 여
러 조각으로 나누어 내려다보듯 순간적으로 침착해질 수
있다는 것이. 무언가에 집중하고 전념할 수 있는 마음은

기쁨과 슬픔, 무력감이나 부끄러움과 상관없이 찾아온다. 오래전 지나가 버린 미래까지 짐작하고 맞이한다. 세상에서 가장 높은 언덕에 올랐던 네가 커다란 책상에 앉은 나를 정면으로 바라본다. 세 장 넘기면 너는 넘어지고 두 장 넘기면 다시 일어나 달린다. 한 장 넘기면 돌아와 앉는 네게 책을 덮어 건넨다. 멀리 솟은 언덕에서 쏟아지는 빛. 펜 옆에 나란히 두었던 돋보기가 깨진다.

재의 미래

언덕 끝에 위치한 유리 공방에서는 매주 스무 개에서 서른 개 사이의 유리가 만들어진다. 공방에는 물이 있고 더러운 창문이 있고 1000도까지 올라가는 가마가 있다. 창유리 탓에 더 불투명해 보이는 나무들 왁자하게
무너지는 수증기
가지를 통과해 다른 가지를 통과하는 빛이

선생의 장화와 선생의 가방이 있다.

선생은 어리고 잠이 많고 불을 자주 생각하는데 그것이 말이나 꿈 사랑으로 이어지는 것은 아니다. 어떤 모양으로 만들어지는 것은 아니다. 창유리를 단 사람과 창유리를 좋아하는 사람 창유리를 닦던 사람은 같은 사람이었을까. 비슷한 증기 비슷한 시간대였을까.

어둠 속에서 유리는 따뜻한 동물처럼 보인다. 한순간 태어나 한순간 얼어붙은

물은 호스에서 바닥으로 바닥에서

누군가의 얼굴로 흐르고

나는 선생이 만든 유리는 본 적이 없다. 선생의 가방 속은 본 적이 없다. 이곳에서는 매주 정해지지 않은 수의 유리가 버려진다.

재와 사랑의 미래

가는 공포 가는 물줄기.

나는 차가운 은판이 돌아가는 연마실에 서 있다. 팔을 뻗은 채 허리를 펴고 부산스러운 모서리 손등의 나무 그림자만 움직이면서. 혈관 속에 가두고 겹쳐 두면서. 거칠게 튀어 오르는 물줄기를 정면으로 맞는다. 차갑다는 생각을 숨과 발을 멈춘다.

정지된 빛
온갖 부스러기 아래 분명히 떠오르는 건 하나지 네가 없는 은판 위로 다다르는 속도감

온열기처럼
게으른 석고처럼
우리를 허물며 잠잠해지는 우리를 느껴?

유리칼보다 미끈해지는

시간을 느껴?

눈 감으면 창틀 겹겹
뿌연 피가 흐른다.

은판보다 오래된

벽이 차게 젖는다.

네가 여기 들어와 돌아다녀도 빙 돌아 의자를 넘어뜨려도
말할 게 남은 얼굴
희미한 어둠에 싸인 얼굴로 내 앞에 서도 가만히 서 있
어야지. 기다려야지.

망설이듯
초과 시간을 주장하듯
석고를 뚫고 나온 뿔

매끈하게 깎인 바닥은 유리일까 유리를 깎던 시간일까.
누구도 다치게 하지 않는 표면 앙상한 놀라움은 어디서 오

는 걸까. 한순간 죽음에

　낮은 바람에 휩싸여 식어 가는 나의 유리알. 나는 네가
만져 본 적 없는 투명하고 따뜻한 세계를 주고 싶다. 주고
싶다.

✦

　"자세를 바꾸면 지나치게 많은 각이 생긴다."
　선생은 말하고

　불씨를 켜 바닥이 깊은
　양털모직가방을 뒤진다.

　어둠 속에서 굴러다니는 안경과 담배. 반은 어둡고
　반은 환하게
　비치는 사랑.

　한 손에 쥐어지는 사랑의 괴로움은 중심의 밝기와 강도
　물질의 열도를 은판 위에서 판단하기 어렵다는 것

매끄러운 표면을
수증기를
투명한 바닥이 모조리 받아 내던
반사광과 돌멩이들을

멸종된 나무들까지를 속속들이 알고 싶다면

나 자신보다 긴 시간 매일같이 펼쳐지는 새벽과 저녁 비
밀스러운 노동을 견뎌야 한다는 것에 있지요.

한 사람으로
한 자세로 서 있어야 한다는 사실에 있지요.

깎이는 면이 점차 가파르게 때로 시끄럽게 검어질 때에
도 실수할 수 있다. 빛의 변수 정반대의 국면이 있다는 착
각을 끊임없이 불어넣어 주는 실내에 있다.

풍성한 잎사귀

손 안의
작은 빛 세계

창문 한 장

습기 한 알의 생명이
이토록 나약한데

이 모든 실내 온갖 선반과 창틀의 먼지가 진짜인지 모르
는 너는 아무렇지 않게 따뜻한 유리를 깨고
내 은판을 건드리며 돌아다니네.

✦

더 이상 눈물은 나지 않는데

소리치거나 불을 끄거나
고개를 들어도
산산조각 난 유리 조각 넘어진 의자들 사이에 가만히

앉아 있어도
　의자들처럼

　고무호스처럼 괜찮을 수 있는데

　다만 내내 무너지지 않을
　이 유리 공방에
　밝고 어수선한 복도에 영원히 머물 너를 단 한 번
　안아 주고 싶다면

　잘못 부수어
　내버려 둘 수도 깎을 수도 없는
　면이 있다면

　준비하고 대비해도 뜻대로 되지 않는 일이 있다면 어떻
게 해야 하는 것일까.

　가마 안에서 망쳐진 것들이
　조용하다면

내 속도가
네 속도가
아직 밉다면

✦

겨울 낮 먼지 속에서 오래오래 유리를 깎으면
　나나 너와 상관없는 세상 모든 일 듣지도 보지도 못한
많은 좋은 일들을 함께 살다 함께 깎는 것 같아 꼭 기나긴
나무와 몇 개의 공방 가파른 언덕 사이를 지나 뜨겁고
　흐릿한 증기를 마시며 두 배의 삶을 사는 것 같고

없는 빛 드넓은 마당을 거니는 것 같다.

가마들
산과 산 사이사이
천천히
흘러드는 잠.

가늘게 솟다
내 얼굴을 비껴 가는
피.
공기가 너무 맑아
우리는 콧속이

마음이 아파.

넘어진 것처럼

계획을 다 들킨 것처럼
나른하고 기쁘다.

나는인간으로서최선을다했습니다사랑하고사랑받길원하
는인간으로서인내와용기호흡과성실믿음과오래참음과분위
기로서최선을다하지않는최선으로서성격이나취향웃음소리
를개조해보려는노력으로서얼마나투명한지얼마나어수선한
지얼마나상처받고상처주고잊기쉬운지켜켜이쌓여어지러어
낡아가는내면을언어체계를가꾸고들여다보길포기한인간으

로서최선을다했습니다

갇힌 빛
기댄 이마

주전자에서 부드럽게

부서지는 왁스

단단한 유리가 깔린 공업용 책상을 뚫고

잔가지로 바깥으로

사라지는

향하는 미래

✦

　나는 차가운 은판이 돌아가는 연마실에 서 있다. 팔을
뻗은 채 허리를 펴고 부산스러운 모서리 손등의 나무 그림
자만 움직이면서.

　어떤 빛
　어떤 속도감을 느끼면서.

　거칠게 튀어 오르는 물줄기를 정면으로 맞는다. 차갑다
는 생각을

　숨과 발을 멈춘다.

3부

수만 가지 자세의 수만 가지 껴안음

상자에 담긴 상자를 꺼내 돌려보았다 위에서 아래로 밤
으로……

…낮으로

겨울 창을 가리며 회전하던 상자가 두더지 떼 이빨 앞
에 멈추어 선다

옷 그림자 옮겨 놓고 자리 잡는 못

땅 구멍, 햇빛, 더,

부드럽나요,

창 앞에서 만져 본 거 실수인가요

모리스 라벨 대신 거울을 연주하다가

……배 내밀고 잠드는 두더지 떼

오후 내내 죽지 않아서… 상자 속 상자 오래도록 내 것
이지만

상자 속 상자 속 상자가 네 것이라면

처음처럼 넣어 두고 꺼내 볼 수 없다면,

우리는 수직적인 관계인가요

안 궁금해 지나치는 순간인가요

구멍이 언다,

1그램 상자…

(…손가락 번호) 컴컴하다 전해지는 모든 곳에서

조상들의 전유물 제대로 묻혀 있나요

이것의 주인은 소녀도

소년도 아니야

…하지만 태초부터 정해지는 건 너의 생명선…

모서리 무너지자

직전의 무게를 감지…

…순식간에 파헤쳐진 뒷마당에서

쭈그린 채 옛날 일 떠올리는 밤…

……눈

눈,

…듣는,

못 듣는… 너는

……소녀의

……눈,

……

소녀의……

……눈에서

……

…소년의

………

눈으로,

……

…소년의

눈…,

…

…소년…

……두 눈에서

……끝

…

……소년의

…청으로…

…뿌리내린 상자 …부푼 채

지워지는 확률들

…돌봄지구발열중복장난깃털배구아기…… 과일전구생장
믹서소포뇌수명령담비… 악보… 목화티백연습구멍니트감
귤믿음소녀…

…탯줄 ……상자 제외하고

나에게로 천천히 이동하는 겨울이

악마는 왜 항상 1인분의 다정으로 오는가

전구가 나갔다
앞줄부터 차례로
나갔는지 아닌지 단번에 알아차리진 못하게

유리와
아닌 것을 구분하지 못하게

조각을 밟았지
뭉툭했고
아직 뜨거웠어
가만히 서 있으니
끝나지 않은 것 같았어

심지가 망가진 친구들에겐 때로 시끌벅적한 순간이 필
요하고
내 심장엔 폭죽이 많고
이곳의 주인이니까

선택한 거라고 하자

누가 뭐라든

나는 친구들이 다녀간 뒷마당에서
상추와 폭죽 찌꺼기를 줍는 사람
다른 것을 치우듯

너를 모으듯

단추를 풀고
구멍 뚫린 자리에 불을 붙인다
쭈그려 앉아

유일하게 함께 주워 주던 너였지

전구가 식는다
가벼워지는 잔디

높이 걸린 건 유리의 실수였을까

—

천막을 구하고 자르고 덧대는 건
너만 아는 야외를 온종일 고르는 일

너는 1제곱미터의 심장을 가진 사람이었고

시장에서의 내 표정이 궁금하다고 했다
냅킨 값도 깎지 못하는
시커멓고 상냥한 표정

"버거워하는 거 알아"
키 큰 너는 말없이 숯을 옮긴다 주머니에 조그만 내 손
을 넣고 두 개의 의자가 놓인 마당으로 걸어 들어간다

심지가 젖을 때
팔베개는 우리조차 안심시키지

그래서 더 열심히 기댔어

나는 네 심장에 여러 개의 폭죽을 꽂고 천막이 터지기만 기다렸다 상추처럼 슬펐지만
　잘 모르겠다는 네 표정이 좋았고
　처음으로 뭘 장악한 것 같았고
　배꼽 주위로 일렁이던 희디흰 불빛

　평생 볼 아름다움이 한꺼번에 쏟아졌다

　폭죽이 늘었다

　　　　　　　　　 ──

　친구들은 내 심장이 넓다고 했다

　축하할 것이 없으면
　위로해야 할 것들을 축하하게 된다

　전구가 나간다

단번에

악의와 실수를 구분하지 못하게

라틴크로스

줄지어 선 유리잔. 마음을 편하게 해 주는 불빛과 짧은 보상처럼 아름다운 중국식 소켓을 본다. 참는 손님도 참아 주는 손님도 없는 이곳은 돌발 행동 직전의 소켓에게만 허락되는 삶. 적의인지 아닌지 헷갈리는 무엇을 삼켜 내듯

환하게 멈추고 흔들리는 방. 몇 시에 닫아요? 주인에게 묻지만 대답 대신 위험한 액체로 소독된 유리잔이 두 개 세 개 서 있다. 천장보다 높은 선반을 상상하는 자세로

깨끗하게 비어 있다.

나는 잘 참는 사람이고 설명할 수 없는 의지 고전적인 열성으로 어제까지 참았는데 끝까지는 못 참아 이상하고 슬프게 화내는 사람이 되었습니다. 두서없이 찢겨진 중국 책이 되었습니다. 영원히 어린 소수의 외국 사람
순정한 마음을

돌려받지 못했다. 완전히 잃지도 못했다. 어째서 오래 참아 온 사람이 더 구체적으로 엉망이 되는지

뒤늦게 셔터를 내리는 주인은 늘
알아들을 수 없는 소리로 대답하고

눈을 뜨면 어둠 속에 새 유리잔 100개가 놓여 있다.

소외보다 나은

너에게는 엽서를 고르는 친구와 엽서를 쓰는 친구 그것
을 받아 보관하는 친구와 파쇄기에 갈아 없애 버리는 친구
가 있다 그들은 모두 손바닥만 한 산 풍경과 사랑에 빠진
자들 침엽수를 바위를 반짝이는 골짜기의 얼음을

사람처럼, 아주 가까웠고 가까워서 멀었던 그 사람의 말
들처럼 느끼는 자들 산 생각만 하면 열이 오르고 잠을 설
치고 몇 번의 기쁨 몇 번의 망설임 속에서 냉랭해지는, 물
컹하고 어두운 마음이 되어 스스로를 내던지는 자들 산도
엽서의 존재도 모르는 너의 친구인 자들

어느 산에도 오른 적 없어 어떤 길도 잃어 본 적 없는
너는
엽서 대신,
산 뒷면을 눌러 가며 꿈꾸거나 꿈 깨는 대신
전화선을 배배 꼬며 거실과 친구들 사이를 오간다 흩어
진다

너는 한 장의 엽서도 쓰거나 받은 적 없지만 시시한, 불

가사의한 마음 옆에 나란히 선 채 추워져 본 적 없지만 그들은 오늘도 너희 집 다락에 모여 숨죽이며

　다락방 창문에서 잘 보이는 산 정상을, 골짜기와 등산가를 바라보며 그걸 다 침대 위로 가져와 무너뜨린다 다시 세운다 아무것도 묻지 않는 너를 껴안는다

　내던져진 기슭과 기슭을 맞추는 동안 그들과 너 사이 처음 보는 산 그림자가 생기고 잠시 네게 닿고 너는 영문도 모른 채 먼저 떤다 모르던 말들을 흉내낸다

　이것이 네가 엽서 없이도 살아갈 수 있는 이유

　그들의 친구로 남은 이유다

아는 사실

지금도 우리는 알고 있는 것이 있다 늘 같은 식으로 이
어지고 끊어지던 길,
  그러나 오늘은

  장미도 노인도 천사도
  그들의 아류도 없어 시시덕거리거나 웃음을 터뜨리기 좋고
  넘어지기 직전처럼
  황급히 인사하기도 좋다.

  노인과 개 사이에서
  상투적으로 피는 장미를 알아

  미끄러지기도 전에 옆어지고
  죽어 나가는 말들
  원하던 세상으로만 둘러싸인 우리는 빈 담벼락 같다 헤
어지기 직전 같다.

  내일은 어떤 꽃이 필지 모르지
  그래서 오늘 너랑 더 사실적인 걸 보고 싶어.

이를테면 통닭
통닭의 검게 탄 부위

먹지 않고 떠나지 않고. 더 이상 날지 못하는 것에 날개를 달아 주는 것이 사랑이라 믿었다.

연기를 뿜으며 돌아가는 통닭 앞에서 우리는 천사를 따라 해야지. 한 사람으로 보이도록 꼭 달라붙어 각자의 팔로 날개를 연기해야지.

천천히 원을 그리며 닭은 돌아간다. 영원 같구나. 우리같이 희고 붉고 연한 살을 갖고 있구나.

그을리며 조금씩 완성되는 인사. 천사나 닭이 되고 싶은 건 아니었지만
멈추어 선 발밑으로 많은 길이 생긴다. 그림자가 생긴다. 안녕, 오래전 터져 버린 얼굴 두 개, 조용한 껍질.

유리빛

말하려고 했다. 오래된 부엌에 대해,

그러니까 나만의 작은 세계가 눈에 띄지 않게 불어나는 방식에 대해.

전에 없던 문고리를 돌려 보았다. 어둠 속에 손잡이만 남을 때까지. 창에 비친 얼굴들이 잠들 때까지. 누군가를 배웅하고 돌아오는 길에는 내가 더 많아진 기분이 들어.

마지막이 아니어도 느끼곤 했다. 반만 남은 뒷모습이 잦아들다가 더욱더 흐려지다 순간 반짝이다가, 온갖 빛 온갖 소음에 섞여 코너 밖으로 조금씩 밀리던 오후. 나는 그 자리에 벽돌같이 가만히 서서 눈앞의 도시를 바라보곤 했어.

이상하지. 여기서 태어나고 자라 오래 살았었는데. 가게도 아는 얼굴도 다 가짜 같았다. 그럴 때면 봉합되듯 미끄러지듯, 익숙하던 보도가 교차로들이

사잇길이 평행 우주 속이 돼.

거기선 다른 내가 배웅해 준다. 돌아보지 않아도 손 흔들면서. 반짝임에 시린 눈을 견뎌 내면서.

그런데 우주에도 시한이 있다면, 별안간 테두리가 깨어지다면, 진짜 사람만 튕겨져 나온다면 어떻게 될까. 열기도 낯선 공기도 가시지 않고 우주는 자꾸자꾸 많아만져서, 나는 그 안에 하나씩 들어찬 나를 식료품처럼 한가득 품에 안고 돌아와. 토마토 하나, 감자 둘, 샐러리 하나…… 식탁에 일렬로 내려놓다가 부딪치지 않으려고 전등을 켜지.

부엌은 이런 식으로 좁아져 가고. 창유리는 나와 함께 곳곳에 있다.

그릭크로스

ⓒ나현우

131

건강한 자동글쓰기를 방해하는 건 천연 나무 향으로 구성된 생생한 증오

풍경을 등지고 앉자마자
나가는 문이 사라진다 나는

내 의지로 이 상징 한가운데 들어오지 않았다

멍한 눈 기이

적출된 대들보

시대착오적으로 요약되는 어둠의
눈부신 세부

누군가 우는 사이 누군가 더 작게 우는 세계의 상 안에서
나는 이제 아름다움에게 얼굴을 부여하거나 말을 가르치고 싶지 않다 반쯤 죽은

늙은 빛을 세공하거나

안절부절 깨어 있고 싶지 않다

420년 전에 지어진 사랑의 수동태 모형 천국을 뜻한다
는 푸른 천장을 올려다봤지 그것은 정말로 고요하게 최선
을 다하는 푸른색 그러니까 매번 새로 태어나 매번 새로
기대하는 삶이자 깊고 충실한 내 성층권의 한 부분이었죠
그러나 고정된 공간
　공통의 시대를 여러 번 살아도

언제나 같은 강도의 응답 같은 점도의
괄시를 받는 것은 아니어서

눈비가 조금 새는 이
차가운 평화
이

상상용 천국이

어설픈 도구로 마모된 나만의 대기가 과연 연속적인 무늬로 만들어질 수 있는 것인가 아닌가 푸른색은 자문하였고

무한히 흐르는 세기
피 같은 졸음 속에서만 유지되고 회복되어 온 천장은 자기 안의 이상한 지구력 지나친 붕괴 구조를 제대로 따져 보거나 견뎌 낼 수 없었습니다 생성되자마자 나뭇결 깊숙이

뛰어 들어가

더 이상 발견되거나
만져지지 않는
상처 끝없이
벌어지는 내
일요일 입술

빛 속에서 무섭게

식어 버린 빛을 그저 경험해 볼 만했던 경험 축소된 구
슬 형태로 보관되는

에너지
다시 말해 과거로부터 맑게 단절된 이야기 쓰기로 환산
할 수는 없었습니다 큰 나무 자재로

활용하거나

얼굴을 가릴 수는 없었습니다

뜨거운

구석책상풍경

닫힌다 눈과
눈물을 지우며

유한한 어둠 구조를 세우며

뛰쳐나가고 싶은 대들보로 가득한 실내에서 자기 방식대로 흐르는 천장 떠오를 때부터 무심히

소진되는 단어

환하게

애원하는 세부 세공된 풀밭에 나 누워 있습니다

미치지 않았어요 제정신으로
이가 부러졌어요
혀가 잘렸어요
비유가 아니라 상징이

아니라 현실의 내 멍한 치아 오늘 흉하게 나갔답니다

기이한 안식처
천국 고집대로 고수한
결기 죽지도 살지도 않는
기대 때문에요 나의

최선 때문에요

세계는 늘 단체 관람객으로 나를 방문해 빛은 새로 붕
괴되는
매일의 입구 빗나간
420년을 적시에 준비할 수 없었으며
한곳에 너무 오래 머무는 등을

늙은 침묵을 내보낼 수 없었습니다 세계에 고루

배어 버린 나무 향 한순간 지워 줄 수는 없었습니다

✧

죽음 아래

푸른 천장 아래 누군가 기다리고 있다 떨리는 윗입술 꾹 다문 채 지워지고 있다 식어 버린 자동글쓰기를 붙잡아 두는 건 과부하된

희망과 증오 나는

내 의지로 이 사랑 모형을 버리지 않았다

사랑의 미래

만져져?

연속적인
무서운 빛 가운데 서 있을 때면

피아노 연주자와 수영 선수가 나눠 가진 어둠을 생각해.
차가운 공기와 맞부딪친 심장을
　비스듬한 어깨를

검은 거품
검은 건반이 되어
급히 솟다
소음 속에 가라앉는 모습을.

절반만 말할 순 없을까?
살다
눕다
눈부시다 같은 말

견디다
부끄럽다는 말.

나무 건반의 강도
단순한
이음새들을 상상하면
내 상처를 내가 보는 것처럼
차분해지고

화가 가신다.

타일에 비치는 잔물결을 바라보듯이.

다 잊고
연주할 수 있다는 듯이.

✦

벌어진 입술 위로 아무것도 지나가지 않을 때, 한기에

익숙해져 눈을 떴을 때, 산더미인 사람들 정적 속에서
  혼자 뻐끔대고 있었단 걸 깨달았을 때

  나는 전화했다
  눈 감고 귀 막고 서서
  너와 비슷한 것을
  하지만 네가 아닌 것을 상상하며

  기다리고 있었다
  뿌리가 다 드러난 잔디 곁에서

  거품 속에서.

  거리는 추웠지만 춥다는 사실에 숨을 수 있을 만큼은
춥지 않았고

  피를 모르는 내 이마는 납작하고
  어두워

가끔 뜨거워져도 엎어져 뒹굴 줄을 모르네.

✦

침대와 성냥
웅덩이

나뉘지 않는 그림자

건반이 가리키는 방향에서도
찾을 수 없는 것들은 항상 있지.

성긴 미래처럼

밤에만 자라는 감정들처럼.

겨울엔 수치심도
하얗게 보여

창에 이마를 가까이 댄다.

할 수 있는 한
가장 가까이

다 꺼진 촛대를 든 채

지겹게 솟아오르는 어깨를 본다.

✦

이름만으로 믿어지는 것들 중에서
내내 뜨거운 것은 몇 개나 될까.

연속적인 푸른빛

어둡게 울리는 전화기

건반 사이사이

이름을 붙여야만 견뎌지는
감정이 있다.

4부

예외적인 빛

환하다.

겨울산
겨울 장도리로 쪼개진 감정.

모직 커튼 안쪽에서

가라앉는 횡격막.

실내를 요란히 건디는 그림자가 바닥을 부수듯 바닥에
부서지듯 조용하게 불어나는 것을 바라보면
　처음부터 연고지나 이야기, 성격이 복잡한 조상이라곤
없이 살아온 기분이 든다. 피 없이

　그늘 없이 나는

나를 건너뛰어 존재해 온 것 같다. 희미하게만 변형된 이
목구비 차가운 꿩 깃털과 산기슭에 가로막힌
　현실저녁들

대가족의 크고 느리고 슬픈

자세

다 잊어버렸다. 구슬 크기로 작아져 두 손보다 세상적인
틈으로 굴러가 버렸다. 하지만 계속해 스미고 움직이며 풍
경을 헝클어트리는 그림자는

멍한 사람의 눈동자를 겨냥하여

모서리로

내 얼굴로 번지고

얼굴은

기둥과 기단이 투명히 파헤쳐진 냄새를 맡는다. 윤곽선
이 단순해 부끄러운

산속에 지어진 집이다.

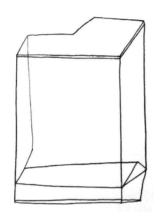

　나는 거실 한가운데 놓인 통유리문이 나와 풍경을 멀게
하는지 가깝게 하는지 잘 모르지만

　마당 안쪽에 놓인 그늘과 바위, 쌍둥이 모과나무를 수
직으로 보기 위해 눕는다. 나무는 나와 내 쌍둥이 동생이
태어난 해 우리가 경솔히 나눠 가진 일본식 언어

　피부와 키를 기념해 친척 중 누군가가 심어 둔 것으로

　가지가 아름답고

　곧고

　삼대째 보관해 온 그릇도 할머니도 해치지 않으나 꼿꼿
이 서서 보기엔 너무 뜨겁다. 침착히 세워

반만 기울여

　무거워진 가슴에 닿게 하는 것이 좋다. 옛 풍경이 묻는
삶에 대답하는 것이 좋다. 향기롭고
　딱딱한 모과와 상처에 동시에 쌓여 녹는 눈. 표면에 달
라붙은 열기로
　공기 방울로
　제자리에서 흔들리는 문. 어린 할머니와 쌍둥이와 나는
자주 그렇게 있었고 시한을 어겼고

　마루에 누워 자면 입이 돌아간다 제 얼굴도 집안 언어
도 모르게 된다 어른들은 말했다. 마룻바닥 가시
　산비탈만큼 날카롭고

　지나치고 원시적인 사랑이

　세 여자의 눈동자로 나타났다 사라진다. 지친 훈기가 감
도는 뺨에
　거실 풍경과 미래를 하나로 꿰어 방치시킨다. 감정적인

작은 호미
부서진 얼음.

1995년의 기둥이 집으로 회복되는 사이 뒷산과 나무와
유리문의 윤곽선 겹쳐지고 그 부분이 순간적으로 어둡다.

다카라즈카.*

할머니가 꿈꾸었던 단순하고 괴로운 무대.

수직으로 깨어 비 맞고 눈 맞는 모과나무가 어떻게 내
가슴에 뿌리 내리는지 소리 없이 커지다 잎 그늘 속에 죽
어 가는지 가지들의 무수한 역사를 숨기고 깨질 듯 차가운
물을 흘리고 때때로 숨쉬기를 방해하는지 나는 모른다.
무엇과

무엇을 끊어 내는지 무엇을

깊이 연결시키고 있는지 모른다.

혼자 조금씩
나누어 거닐 산길
충분한
어둠이 필요할 것이다.

거울 앞에서 늙어 버린 나를 상상할 수 있었을 때
　가상 세계에 충실하다고 믿었을 때는 다카라즈카 단원이 되
고 싶었단다 그런데 시험도 보러 가지 못했어 새것 같은 마루와
　기쁨으로 들뜬 폐
　어수선한 자리에 도착해 보지도 않고 포기하는 방식
　결혼하기 좋은 서울 겨울에 이상한
　기대를 걸어 보는 방식이,
　영원한
　산속 거실에
　미지근한 힘과 불가능에 갇히는 몸이 내

간절이었을지도

　네 할아버지에게 시집 왔을 때 한국어가 너무 어려웠는데 시집 식구들이 우리말도 제대로 못하는 여자가 들어왔다고 욕을 했다 차라리 내가 산짐승과

　낯선 자연에 감동을 잘 받는 사람이었다면 가족을 사랑하는 사람이었다면

　다카라즈카 단원이었다면

　산이었다면 꿩이었다면

　나의 꿈으로부터 더 맹렬히 거부당한 자였다면

　(……)

✧

먼저 가 기다리듯

부드럽게 가라앉는 횡격막.

반만 기울여서는

이 모든 것을 다
볼 수는 없다.

인왕산 마룻바닥
가까이 누웠던 여자들과 연결된
그늘을

다 느낄 수는 없다.

통유리집처럼
견고하고
빛이 잘 들고 거주자에게
혼동을 주는 자서전을 쓰기 위해서는
눈을 감고 코를 막고
바위를 감싼 두 손에만 의지해 아름다워져야겠지만

흐리고
급진적인 언어를 택해야 하겠지만 나는

내게 보이는 것을 보고 싶다.

내가 아는 것을

알고 싶다.

거칠게 소리 내며 기슭을 뒹구는 풍경은 왜 한 계절에
한 번씩만 볼 수 있는 것일까 왜 햇빛 쬐는 산책 한 번이면
사라지고 마는 것일까. 마음이 바닥을 쳐야만 더 깊숙한
통로
따뜻한 방으로 향할 수 있는 발

기둥과 기단과
사람을 분간할 수 있는 눈동자는

쌍둥이 동생은 현실 세계에 충실하다 동생은 성인이 되
자 장도리 없이 모과 없이

도쿄로 떠난다 나는
기쁨으로 들뜬 폐 없이 시를 쓰고 산속 거실을 자주
등장시키며 일본 시인들이 좋다

할머니는 영원한 가상 세계로 돌아갔으나 어느날 내게
찾아와
이 유리집을 그리게 한다

바닥에서 손바닥으로 차게
번지는 아침.

거실 한가운데 놓인 통유리문이 나와 풍경을 멀게 하는
지 가깝게 하는지 잘 모르지만
피 없이

이야기 없이
그늘은 나를 건너뛰어 존재해 왔지만 나는

가끔 내게 없는 삶을 기억해 내는 것 같다. 빛.

* 전원 여성으로만 구성된 일본의 가극단.

사랑이 아니라고 외치는 사람의 사랑이 언젠가 잃어버린 슬리퍼를 찾을 때

물에 빠져 허우적대던 팔과 다리가, 깊은 수면 아래 희게 때로 검게 출렁이던 나의 신체가 침대 밑에 가지런히 놓여 있다 먼지와 못과 더 이상 신지 않는 슬리퍼 온갖 부스러기들과 함께 살고 있는 그것은 어두운 밤 침대가 덜컹일 때마다 숨 막히는 물속을 떠올리지만 대부분의 경우 아무 생각도 하지 않는다 거품이 어떻게 터지고 모였는지 사방에서 몸을 누르던 공기가 얼마나 차가웠는지 끝내 알아볼 수 없던 그러나 다른 생명체와는 분명히 다르게 움직이고 떠다니던 생명체 털이 수북하던 해저의 괴생명체가 대체 무엇이었는지 생각하지 않는다 궁금해하지도 환영에 시달리지도 않는다 그저 언제부터 뒹굴었을지 모를 바닥 아무에게도 방해받지 않는 침대 밑에서 잠자거나 뒹굴며 하루를 보낼 뿐 아침마다 옅게 들어오는 빛줄기에 팔목을 뒤집어 비춰 볼 뿐 그것은 속수무책으로 분리된 망원경이나 망원경의 뼈, 뼈의 미래처럼 보이기도 한다 너무 많이 돌려본 미래는 과거보다 먼 과거 오래 묵은 침대 스프링 같은 것 조금씩 느슨해지며 망가지는 것이기에 그러다 결국 잠잠해지는 것이기에 물에 같이 빠졌던 개는 그것이 뼈가 아님을, 죽지도 살지도 않은 사람의 팔다리라는 것을 알지만

가끔 몸을 낮추고 들어와 뼈를 핥듯 핥는다 매만진다 개의
따뜻하고 축축한 혓바닥이 나의 팔을 간질일 때 먼지 구덩
이 속에서 나의 다리를 부드럽게 닦아 줄 때면 바다와는
무관한 꿈 처음 보는 언덕에 누워 햇빛을 쬐는 꿈을 꾸고
나는 모든 걸 잊은 채 멀리서 이쪽으로 뛰어오는 개를 괴
생명체를 나의 어깨를 본다

사냥 전에

나뭇잎 위에 같은 나뭇잎이 쌓이고
바람은 종종 바꾼다
그것들의 순서를

누구도 묻지 않았지만
잊은 것이 있고

잊히지 않는 것이 있다

날개
덫을 능가하는 숲의 가능성

길은 멀고 멀었다
내달려도 넘어지지 않았다
질퍽해진 잎이 밑창 가득 달라붙었지만
감정을
어떤 기준을 개척하는
안락한 기분

과녁은 화살촉에 앞서 자라고
깨진 랜턴에서 수천 개의 빛이 흘러나온다

빛과 함께
여러 갈래 흩어지는 길

놀다 흘리는 피는 무섭지 않다

갖고 놀던 카드에도 새 그림이 있었다

✦

죽은 건 숲에 다 가두었는데

화를 내거나 노래를 부를 때마다 조금씩 몰려와 온몸을
두드려 대는
두 발, 두 어깨, 두 송이 버섯
만진 이상 얌전히는 돌려줄 수 없는

기름종이 아래서도 베껴지지 않는 것

나는 점괘가 나빠 이름으로 불린 적 있다
미신처럼
카드와 카드가 뒤섞이길 기다린다

잊었던 새가 날면
숲이 열린다

✦

시트 위로 날리는 깃털

발하는 조각과 스러지는 조각이
랜턴을 채운다

남은 빛은 뒤통수에 사로잡힐 것

정해진 대로 가야 하는데 꿈에서 너무 많은 것을 보았다

✦

카드를 섞는다

가정해 보는 건 위험하지 않다

당신은 아직 아무것도 보지 못했다*

언 바다가 보인다
잘게 나뉘어 떠다니는 얼음 조각이 보인다
나는 지금 홀 중앙에 앉아 있는데
어떻게 이런 걸 다 볼 수 있는 것일까
온풍기가 돌아간다
어디선가 들어 본 음악이 흐르고
나이를 가늠할 수 없는 종업원이 돈가스를 가져다준다
낮이면 더 어두워 보이는 가게의 식물
깨끗하게 접힌 냅킨이 허물어질 때
얼음은 바다 깊이 가라앉는다
혹시 필요하신 것 있습니까
종업원이 물어보는데
나는 나에게 없는 것이 무엇인지 모른다
내 곁을 지나며 누군가 손을 흔들고
모르는 사람에게 실수로 인사를 한다
부드럽게 이는 먼지
소용돌이치는 파도
언젠가 너를 위해 뛰어든 적 있다
이유 같은 것 없이

오래된 가게에 들어간 적 있다

얼음이 서서히 녹는 동안

눈이 점점 나빠지는 동안

나는 나에게 너무 많은 것을 들키고

산산조각 난 사랑에 더 이상 몰입되지 않는다

＊ 알랭 레네의 영화.

내가 사람의 말 안다 해도

잠든 나의 눈
회양목

눈이 보는 집

여름이 남겨 둔 환영 속에서
한 걸음 딛으면 푹푹 빠지는 깊이

아무도 없는 복도에 먼지가 날린다
빛바랜 카드처럼
쌓이던 자리에 쌓인다
여름은 내일도
모레도 끝없이 이어지니까

밖에 눕든 여기 들어와 눕든 다를 건 없지

창밖으로 우거진 숲이 보이고
사이의 해는
오븐에서 부풀어 오르는 빵보다 작다

(다가오면 삼킬 수 있을 것 같다)

숨을 참고
오븐에서 울리는 소리에 귀를 기울이면
조금씩
천천히 무너지는 집

함께였을 때 맡았던 냄새가 난다

닫아 둔 문 몇 개가 스스로 잠긴다

잠잠해진 마음에서 아직도 떨어지는 조각은 무슨 맛일까 식으면 차여서 소파 밑에 있을까 그걸 맛이라고 불러도 될까

생각지도 못했던 말을 뱉고 나면 빵과 칼과 나의 단순한

용도도 믿을 수가 없어지고
다른 생각은 빵칼에 잘려 나가고

아무리 먹어도 비슷한 맛이 난다

두 손을 모아 무릎 위에 올려 보지만
오래된 마음을 긁는 무엇이 거실을 함부로 뛰어다닌다

"수목장으로 해 줘. 마른 흙은 뿌리 위에 두 번만 뿌려
줘. 가끔 우산을 받치거나 라디오를 틀어 줘." 언젠가 너희
를 다 모아 두고 내가 그랬다. 천둥이 치거나 말거나, 막내
가 울거나 말거나

내 영혼이 한꺼풀씩 벗겨지고 있다는 걸 거기 앉은 모두
가 알고 있었고
그래도 생일 축하는 잊지 않는 너희들

노랫소리
움푹 파인 거위 털 쿠션

오후에 켜 둔 양초에서 촛농 대신 빛이 떨어진다

◇

카드를 집어 첫 줄과 마지막 줄을 읽는다
가운데를 남겨야 내일 다시 읽을 수 있으니

해가 지면 아무것도 알아볼 수 없으니

집어넣는다
너희가 두고 간 라디오를 들고
아무도 모르게 숲을 빠져나온다

생각지도 못했던 건 너무 많이 생각했던 것

회양목 뿌리는 여름에만 드러나고
복도는 끝없이 안쪽으로 기울어진다

이 자리가 눕기에 좋은 자리

모르는 사람들이 몰려와 문을 두드린다
아무리 불러도 대답하지 않는다

웅크리기
껴안기

강을 끼고 산책하는 사람들의 주머니

나는 방에 누워 그것을 보고 있다

동전이 초콜릿이
음악이 흔들리고
새벽은 딱 그만큼 움직이기 좋은 시간

시트에 이는 먼지가
시트와 빛으로 나뉘는 시간

블라인드를 내린다

베개를 움켜쥔다

내 것이 아닌 건 이토록 부드러워
다른 꿈 다른 느낌으로 갈 수 있다고 믿은 적 있다

허리가 곧은 산책자들은

따로 걷다 투명한 간격을 만들고
허공을 가로지르는 몸은 죽지도 살지도 않는다지

참 많은 무늬다

귓바퀴를 쪼며
귓속으로 들어가는 어둠

—

고개를 돌려도 많은 발소리가 들리네

수면에 빠진 강이 둥글다
누구의 것인지 모를 동전이 떨어지는 중

주머니는 여전히 위아래로 흔들리고
줍고 싶지 않을 때 그들은
줍지 않는다

걷기만 해도 어지러워 평화로워서

왼손 오른손은
교차하지 아무렇게나

———

산책은 선택하는 사람들의 것

빛을 피해
목을 길게 뺀다

강이 불면

의자에 걸쳐 있던 가디건이 흘러내린다
오래전 데려온 얼룩이 도드라진다

교차하는 사랑스러운 꽈배기 문양

이어폰을 꼽는다
고르게 숨

듣기 힘든 노래는
듣지 않는다

———

소매를 걷고
팔을 귀에 갖다 대

서로 다른 시간을 듣고 있지만
안에서도 고요히
맥박일 수 있다니 좋아

강은
모두를 위한 혼자

의자가 기운다

가디건 주머니에서 초콜릿이 나온다

———

시트가 된 먼지는
시트를 원망하지 않는다

공기 방울이 떠다닌다
공평하게 가볍게

사월 비

쓰다듬거나
모으지 않아도 괜찮아

샌드위치를 반으로 자르고
빠져나온 아보카도를 줍고
들기
남김없이 먹기

손에서 손 아닌 걸 빼 보세요
무엇이 남는지
무엇이 가는지 무엇이 소리치는지 보고

그대로 두세요

그러니까 궁금해하지도 따뜻해지지도
움켜쥐지도 않기

세계는 이미 한 번 죽은 재료들
열렬하게 포기해

상한 냄새를 좋아해요

전등의 것도 식탁의 것도 아닌 그림자가
손바닥에 떠 있다
의지 없이

할 수 있는 일도 있다

오늘은 우산을 들고 좋아하는 샌드위치 가게에 갈 거야
우산을 접고 안으로 들어갈 거야

이마에 떨어진 빗방울만 믿고

비가 오는구나
작게 뱉어 볼 것

떨지 않아도 좋지만
떨어도 좋다

유리함

무언가 넣을수록 가벼워지고 아무것도 안 넣을 때 제일 무거운 이상하고 아름다운 상자가 있다. 나는 길에서 이것을 보거나 주운 적 없고 집에 들여놓은 적도 없지만 나도 모르는 사이 내 심장을 뚫고 들어온 이것이 밤이면 현란한 불빛을 찾아 데굴데굴 굴러다니는 것을 느낀다. 심장에서 방에서 멀어지려는 것을 느낀다, 속도를 참으며 눈을 감으며. 다시 눈을 뜨면 어딘가로 진입하는 모서리가 보이고 투명한 얼굴 내가 잘 아는 얼굴이 보인다. 얼어붙은 고요가 보인다. 기나긴 고요. 생각을 포기한 고요. 고요에 대한 생각을 생각에 기댄 고요를 지연시키고 지워 버리고 싶은 고요. 생동하는 빛 생동하는 어둠 속에서 떠밀려 흐르는 사각의 고요. 상자는 회전하며 밑바닥부터 무거워지고. 떠오르듯 추락하면서도 제 얼굴을 보여 주지 않는다. 이 감정과 이 운동이 가진 감각은 공중에서 차게 떠다니는 입체가 아닌 끝없이 느리게 이어지는 평면에 가깝습니다. 자신에게로만 향하는 헛걸음에 가깝습니다. 하지만 나에게 한번 딛기 시작한 걸음을 더는 멈출 수 없고 나는 늘 나와 가까운 것을 좋아합니다. 영영 희미해진 시간들 아무것도 아니게 된 얼굴들만 좋아합니다. 어둡고 지나치고 추상적인 느낌만이 때로 모든 사람과 모든 사물, 온갖 기계와 사랑과 수학의 목적지처럼 느껴지는 건 왜일까. 나는 언제부터 이 이상한 상자를 나도 모르는 청력을 갖게 된 것일까. 기대 없이 지침도 없이 네 모서리는 움직이며 깊은 곳을 찌르고 나는 왠지 모르게 조금씩 집중하면서 각진 모서리가 점점 닳아 가는 소리를 듣는다. 선과 선이 부딪치다 깎이는 소리 따뜻한 입술 불가능한 입구가 동시에 열리는 소리. 없는 장작이 천천히 타들어 가는 소리. 가끔 어떤 소리는 소리와 상관없는 세부를 궁금하게 만든다. 세워 두고 질문하게 만든다. 그러니까 이 상자가 대체 무엇으로 만들어졌을지. 구리 철나무 종이 순은 비닐 다 나쁘지 않지만 나는 이 상자를 유리 상자라 부른다. 겨우 이런 것만 내 뜻대로 할 수 있기에.

재와 사랑의 미래

구멍 난 빛

축소된 세계가 마주 선 유리만큼 견고해

보존액의 무심함 세세하고 아름다운 수식 같은 상처로
무섭게 쪼그라들 나의 뇌는
근현대관 한가운데
전시될 것이다

도시는 숨긴다
바삐 뛰며
규격대로 배워 온 언어
최대한의 최소한의

팽창의 시간

꿈 없이 새로
부서지는
커다란 어깨

해 지는 거실 비스듬히 세워 둔 키 큰 식물이 흐르는 빛

잃어버린 정신에 집중하듯 조금씩 기울어지면 나는 불타
는 도로가 한눈에 내다보이는 창가에 앉아 지금으로부터
70년 전 나의 할머니가 아내 앞으로 남긴 편지를 읽네 버
석거리는

　너무 많은 꽃들로 뒤덮인 아내의 이마 실밥 풀린 아내의
소매와 밑단이 흙 속에서 어둡게 움직일 만큼 지친 리듬
　평평한 잠에 빠져들 만큼 서정적이고 고전적인 문장들
로 조합된 편지
　느리고 차가운
　환하고 사나운

　시간처럼 스며드는 도로의 난폭함과 열기를 전등 삼아
나는 아내 대신 기나긴 답장을 쓰네

　사람들은 이제 조명이나 조각난 영혼 같은 단어 숨과
숨 사이를 무모하고 상징적인 모양으로 잇는 문장부호와
교정부호 잘 쓰지 않아요 그러므로 이 편지는 내 손녀의
손녀들에게 손녀들의 강한 손끝에게 전달될 마지막 샘플이

될 것입니다

감춘 눈물 암호가 될 것입니다

공중으로 떠오르는 작은 잉크병

교정되듯
빈 거실이 간략해진다

—

아내와 나는 때때로 이곳에 말 없이 누워 뇌 주름 사이사이 연결된 영사 장치로 언어 너머 뒤엉킨 부끄러움을 서로의 빛과 절망을 천천히 건너다보곤 했네

들이치는 빗줄기를
긁힌 과거를

주석과 잡음 산발적인 그림자를 극복하고 여러 차례 보

완된 이 영사 장치는
　실제보다 선명하고 진실돼 보여
　우리는 입을 열어 우리다운 문장을 만들거나 편지를 교
환할 필요가 없었네
　안전한
　긴 전선으로 흘러들던 슬픔은 알아차리기도 전에 고이
거나 굳어 버리곤 했네

　보던 것을 듣게 되면
　뜨거운 숲에 노출되면

　미립자가 만들어 내는 희미한 풍경 반복되는 기억무늬
에 사로잡히면
　순간을 늘려 송출하던 얇은
　유리판 번갈아 깨어나던
　눈동자들을
　내부가 다 부어 버린 짧은 침묵을
　왜 기대 없이
　속속들이 알게 되는 것일까

이해하고

이해받게 되는 것일까

커튼을 찢고
차갑게 빛나는 식물

도로가

아내가 부드럽게 헝클어트리던 노을 내 얼굴

씻고 싶어요

저 증기 숲 같은

센서 그만 꺼 줘요
서로의 평면거실에 평소보다 오래 접속했던 어느 겨울
낮 두 손 가득 전선을 말아 쥔

아내는 말했고

나는 집 안 곳곳 흩어져 녹아내린 문장부호와 산산조각
난 서로의 입김들 속에 꼬박 한 계절을 보내야 했네

쉼 없이 새로 얼어붙던

작아지던 해

우리는 마주 앉아 연필 깎는
유일한 부부가 되었네

———

창과 창을
이어 달리는

수척한 빗물

늦은 잠 환한

전쟁을 치르는

아내의 소매

당신 너머 도시들을 봐 버렸어요 눈 감은 당신 자꾸 넘어졌어요

실수로만 돌아오는 아내 곁에서

나이 든 나 조금 남은

빛을 지운다

———

낮과 밤을 어린 시절을 조용한 분노로 이글대던 덤불과 숲을 어떻게 건너왔나 어떻게 이토록 따뜻한 햇빛 어지러운 평화 속에서 멀쩡히 요리하고 청소하고 누워 있을 수 있나 아무 일 없던 얼굴로 텅 빈 질서로 회복도 고통도 모르는 몸으로 멈춰 있을 수 있나 생각하면 불현듯 겁이나, 할머니는 몇 개의 바닥 투명한 소음들을 겨우 듣기 시작한 나를 앉혀 놓고 자주 중얼대곤 하셨죠 비유나 긴 단어 이상한 주기로 잘려 나가던 온점과 침묵 그 사람 말버릇이에요 알다가도 모르죠 어쩌면 꼭 할

머니처럼 말하는 여자를 만났을까 자도 자도 뜨거운 잠이 쏟아지는 오후 끝까지 우려낸 찻잎이 까맣게 눌러붙은 주전자를 씻을 때면 생각해요 우린 할머니와는 다른 밤을 지나왔다고 흩어진 장면 조각난 영혼들 이어 맞추며 고장 난 조명은 고장 난 대로 늘어진 행복은 늘어진 대로 두면서 부산스럽게 늙는 데엔 실패했다고 이곳은 계절이 잘 구분되지 않아요 네 계절이 똑같이 길고 어둡죠 평생에 걸쳐 건설된 저 도로들처럼 뒤늦게 발견한 할머니 편지처럼요 언젠가 영원한 네 아내를 맞게 되거든 안전하고 평범한 날을 골라 전해 주거라 거센 비나 둘 이상의 유령이 유리창을 때리는 날엔 뭐냐고 물어도 모른 척해라 이것을 읽다 울거나 소파에 기댄 채 작아지거든 세상에서 가장 커다란 이불을 꺼내 덮어 주어라 눈 뜬 새벽은 몰래 치워 두고 지붕 없이 소리 없이 안아 주어라…… 식 올리고 첫 몇 해는 정신없이 지나가 뜯어볼 생각조차 못했어요 편지가 든 서랍도 서랍의 끝없는 깊이도 잊었죠 저녁 외출이나 단풍놀이 차게 식어 버린 저녁식사 없이도 우린 할 게 많았어요 아내는 키 큰 식물을 좋아했어요 모르는 외국어나 과학 용어들 무서운 단어로 바꿔 부르는 걸 좋아했어요 할머니 할머니는 늘 내 아내가 될 여자에게 관심이 많았죠 고요한 그리고 가파른 미래에 나타날 수도 나타나지 않을 수도 있을 아내 말을 내 말만큼이나 듣고 싶어 하셨죠 정직하게 식어 가는 시간을 불타는 세계와의 단절을 존중하며 슬퍼하셨죠…… 우리는 잘 살아 보고 싶었답니다 주어진 빛무리 부드러운 기술을 최대한 활용해 서로를 자세히 들여다보고 싶었답니다 잘 말하고 잘 이해하고 싶었답니다 과잉된 영혼 울퉁불퉁한 반응속도를 길고 무심한 공업용 가위로 다

들어 자제력 있는 태도와 자세로 우리 감정을 잘 표현하고 싶었답니다

—

스스로도

무너지는 밤의 흰 도로

공평하게 찾아오는

이해의 시간

사람들은 거실에서 한평생 싸운 두뇌가 언제나 아름다
울 것이라 믿는다
유리막에 둘러싸인 흔한 구조물 아름다운
대과거를

단체로 보러 올 것이다

—

시대처럼 오래도록
머물 것이다

—

도시는 숨긴다

최대한의
최소한의 팽창의 시간

눈앞에서 규격대로

터지는 언어

white bush

죽은 듯이 잠자고 깨어난 아침 나는 차가운 연기 속수
무책

영토를 넓히는 얼룩들처럼 살아 움직이는 나를 보았다
계단에서 마당에서 처음 보는 현관 앞에서

기도하고 체조하며 어지럽게 얼어붙은 첫 공기와 서성이
던 나는 나를 감싸고 보호하던 기름진 빛이

늦은 창피 한 겹이 사라졌구나 나 오늘부터 내가 살아
보지 못한 몸으로 살게 됐구나 지대가 높은 구조가 아름
다운

이 저택에서

낙엽들로 부산스럽던 지붕 아래서 우기다 눈물 흘리다
갑작스레 쫓겨날 때까지

지친 뿌리

마당 곳곳 파고드는 몸집으로 잠들기까지 긴긴 세월 대
저택을 사랑하던 자 벽과 가벽 사이에서 허둥대던 자를 위
한 새 이파리 새 현실이 주어졌구나

생활기도도

체조도 잘 되는구나 깨달았는데

우기던 계단과 창백하게 변색된 이파리 어제까지 오르내
리던 얼굴은 대낮에도 정확히 알아볼 수 없었다 죽은 듯이
다시 잠에 빠져들 수 없었다 나는

사랑을 위해 너무 많은 상상력을 사용해 왔다

5부

서점은 구름과 고급 종이를 동등하게 파괴시킨다

  영원히 젊은 사람들만이 나눠 가진 계곡이 두 동강 나
며 엎질러지네. 등 구부린 채 맞추거나
  모른 척 웃어 버려도 도무지 맞지 않고
  멎지 않는

  따뜻한 물소리.

✦

  그때 이 서랍이 열렸더라면 서랍 속 어둠이 덤불이 도깨비불이 눈에 미리 익었더라면 그래서 먼저 치우거나 길들일 수 있었다면 무엇이 달라졌을까 도깨비불은 희미한 불 끝도 시작도 알 수 없는 거짓말 같은 불 어두운 덤불에서 가끔씩만 나타나는 빛이다 나는 때로 그 빛을 따라 나만의 서랍으로 어지러운 덤불 속으로 들어갔다 잡아 주는 손도, 지도도 사랑도 없었지만 언제나 희미한 것은 더 멀리 있어 잎사귀나 사람보다 아름다워서 나는 빛이 이끄는 대로 요구하는 대로 움직여 주었다 멈춰 주었다 얽히고설킨 덤불 속에서 새벽을 맞는 동안 손을 뻗어 어른거리는 빛을 만지는 동안 서서히 눈이 멀어 가는 나를 밀어내며 서랍은 닫혔고

  다시 열리지 않았다 그날의 도깨비불은 그날만 그날의 어둠은 그날만 볼 수 있었다 느낌이란 그런 것이었다 나에게 연인에게 어쩌면 세상 모든 사람들에게는 이런 서랍이 있다 원하지 않을 때 열리고 원하지 않을 때 닫히는 원하지 않을 때 조용하게 미쳐 가는 서랍 어둠에 잠긴 방 안에서도 깜빡이는 서랍이 있다 나는 뒤늦게 열린 연인의 덤불

속에서 아무것도 보이지 않는 컴컴한 서랍 속에서 무언가 찾고 있다 이제 다 사라져 버린 그러나 언젠가 있었을지 모를 한때 연인을 걷게 하고 눈도 멀게 했을 그것을

crop circle*

그린 적 없다

마음
상징

신비

쉼 없고
끝없어 무서운 도형 같은 것

울거나
자면서 떠오르는 얼굴 같은 것

없다

빙빙 돌듯
잠꼬대하듯

돌을 씻기면

거친 빛 곡선형 물결이 함께 생기듯

덩어리져
처음부터 하나인
어둠 속에서

사랑은 사랑을 자꾸 덧붙이고 싶어 해

뜨거운 눈

밀린 횡적 언어로 나열되는 잠. 모든 공기 모든 자연물이
빛으로 이루어진 해변에 도착하려면 조립식 상처 흰 풀숲
을 헤쳐야 했다. 새벽같이 일어나 느리게 움직이던 우리는
잡초와 이슬 커다란 나무 곁에서 무수히 희미해졌고

어지러운 이중 늪에 빠진 것처럼

걸음과 주머니

　　전극과

　　　　낮게 뛰는 맥박이

　　비언어가

둔하고

불규칙해졌다. 작은 신비와 모래가 끝도 없이 깔린 해변에는
이미 더 건강해진 우리 어른스러워지고 자유로워진 우리가 투
명한 그늘 고백적인 파도 앞에 엉킨 채 표정도 근육도 정신도
다 잃은 채 뛰어놀고 있을 거라고 그 옆에는 어린 유령 감나무
꽃 흰줄무늬고양이 빈 열기와 야자수잎 형형색색 비치볼이 떠
다니고 있을 거라고

얼굴

수치

섬광처럼 바닥 치는 내 비명

심장을 찌르는 이슬 같은 건 잊을 거라고

이상하지 빛으로만
깨질듯 환한 빛으로만 가득하다는데

떠난 사람 도착한 사람 뒤돌아 풀숲을 건넌 사람

태어나 지겹게 뛰던 혈소판 지독한 잠에 빠진 정신도 끝
끝내 죽은 천사도 없다는데 거기 왜 그렇게 슬프고 지루하고
추울 것 같은지

어둠에서
더한 어둠을 떼어 내는 것

덩어리째 옮겨

심장 밑에
제일 크고 오래된 야자수 밑에 파묻는 것

그리고 그때 우리를 감싸는 고리를 아주
천천히 느껴 보는 것

✧

원이라는 건 회백색 다차원이라는 건 그러니까

드물게 구르는 입체라는 건
때때로 가만히 바라보거나 한 손에 쥘 수 있을 것 같고

언젠가

어디론가

오래오래 던져 버릴 수 있을 것 같아.

뭉쳐진 비명 단단한

핏방울

어깨뼈를 이루는 거대한 빛 미숙한 고리도 수많은 얼음
조각들 먼지 입자로 전부 쪼개 버릴 수 있을 것 같아.

후 불어 버릴 수 있을 것 같아.

사람들은 토성의 고리가 아주 작은 고리들의 연속으로
이루어진 것이라 생각하지만

실제로는 몇 개의 간극이 존재한다.**

사랑

얼굴

인공 해변

울면서 달리는 풀숲과
영원한 도형

그린 적 없다.

* 곡물 밭에 나타나는 원인 불명의 원형 무늬. 일부 사람들은 이것을 외계
  인들이 만든 것이라 주장한다.
** Historical Background of Saturn's Rings(Courtesy of NASA/JPL/Ron
   Baalke)

현실은 시작되어야만 할 것이다*

우리는 봐요.

한 가지 놀라움에 사로잡힐 때. 구리나 합금으로 구성된 순간이 영원을 가장하며 천천히 비틀어질 때.

한 쌍의 어둠

문 밖으로 이어지는 내 끈을 봐요.

온몸으로 뛰다가 멈춘

미래가 지나치게 눈부신 해수욕일 때.

시끄러워 한쪽 눈을 감아야 할 때.

정통 수학 정통 알공예에 헌신하는 사람들은 청년기에
한번 죽어 본 사람들 같아요.

느리고 긴 비명 같아요.

내가 나의 겁에게 가르쳤어요. 다른 세계로 통하는 억센
끈을요. 안전모를요. 마음을 그릇이나 화산, 목조저택에 비
유하는 법을요.

두 다리에 힘을 주고
빼는 법을요.

마음들은 겹치거나 겹치지 않은 채로 옮길 수 있습니다.
마음에는 오목한 부분이 있고
상징적인 채색사진으로도 작용합니다.

물처럼 환한 공식

어린애들 시제를 함부로 유지시켜요.

더 살게 해요. 여긴

단순하게 늘릴수록 슬픈 세계야.

안전모 버클을 채웠으니

이제 해수의 온도

저택의 종류를 골라야 합니다.

* 『하룬 파로키: 우리는 무엇으로 사는가』(국립현대미술관, 2018)에 수록
된 하룬 파로키의 글 제목.

6부

재와 사랑의 미래

거센 과거 열기에 흡수된 사람

녹아내린

뒤꿈치 곤두선 내
겨울 계곡들.

몰래 떠내려 버리기엔 무거운 피부 어딘가 늦어 버린 돌
의 실수로 시작합니다.

오랜
체념에 도달하는 속도로 환하고
상세해지는 잠
젊은

단독주택이
한 손에 쥐고 흔드는

무기

나에게서 막 돌아온
나에게는 내년에서 주워 온
상처가 많다

강이나 바다
호화 수영장과 다르게

끝나 가는 계곡에는 희미한 틈새 파괴되지 않는 생명력
이 있지요. 사라지자 잠깐
쉬어 가 되뇌어도 끓는
진실처럼

눈 뜬
낮 시간처럼.

내면의 찬 웅덩이에서

드물게 모인 빛을 가둬 불리는

거실

하류에서 어둡게 몸을 키운 암석이

숨을 참고

숨을 배워

산기슭 일부는 잊지 않은 채

집의 일부가 될 때

초조한 무늬

공동의 흰 공기로 이루어진 표면이 조금씩

갈라져도

오랜세계더미는 그림자와 사람도 제대로 구분할 줄
모르고
계곡과는 도무지 어울리지 않는
겁

어리숙한 나의 암석이 꾸는 꿈에서부터
밝고 허술한 취미를 동반하며
현대적 사랑을 익히기로 한

삶은

다 녹은 머리뼈로 서서

기다립니다.
정적과 주거공간 축소된
용기

벽지에서 도려낼 수 있을 정도로만 거친

내일이
물소리가

동시에 쥐어지기를

계곡의 규칙
수집 기억의 불규칙에

스스로의 얼굴에
태연해지기를

평화가

순간이

가본 적 없는 지역처럼 흐른다.

거대한 바위 빛 행렬의 괴로움이 나의 눈높이에서 펼쳐
진 풍광과 비슷한 무게 그러나 완전히 일치되지는 않는 간
격으로 떨어졌을 때 말과 물의 아름다움에 몰입하는 것은
존재감 없는 전통적인 감정이 되어 버리는 것은 너무도 쉬
웠다 읽는 동안 가끔은 쓰는 동안 조용하게 나를 건드리는
쇠망치는 나뭇가지로 피부로 파괴된 겨울 공기로 꾸며 댄
안식처 같았습니다 머릿속에는 받침대도 계곡의 정치도 없
었는데 이 모든 것에 만족하고 무지하다는 것이 여러 명의
나만 반죽처럼 달라붙은 무더기가 되어 버리는 것이 나는
부끄러웠습니다 선반에

어둠 속에 세워 둔
작은 생명 보이나요 들키듯
머무르듯

떠 있는 먼지가?

불빛

덤불　　도깨비　　◇ 안 가 본 계곡　깃든　　빛
충격　어스름◇　힘◇　정강이　　◇촛불 ◇ 가위
　◇촛농　　◇ ◇ 스티로폼　　햇빛　알갱이　밝기
◇ 수초◇ 나뭇가지　익숙한 계곡 비 그을음◇ 상흔
　◇　비명　불 속력　　고조할머니 귀　빛 얼음 전기
　도시 ◇　영혼 비닐봉지 오해　잠 파헤쳐진 손 ◇
◇　　뿌리　코뼈　파도 ◇ ◇ 빛 ◇ ◇ ◇
희망　　◇　진흙 물그림자 ◇초 ◇◇◇ 모래 잊은 계곡

단순한 디자인 그러나 시끄럽게 안치된 나의
현대사
드넓은 수납공간을 지닌 한낮의
유리장 안에서

쪼개지고 부식되는 기암괴석은 매번 다르게 추억된다
늦었다는 기쁨을
공중에서의 충격을 거스릅니다.

어두워진 햇빛이 측면을 더

환하게 지우면

얼음기슭에서 나란히
솟는 눈물들.

재와 사랑의 중추식 미래

    우리는 나란히 누워 천장에 길게 난 유리를 계곡을, 햇
빛에 그을린 거실과
    수영 선수를

    그 위로 일렁이는 그림자를 바라보고 있었다. 손을 잡고
눈을 감고 반쯤 잠들어, 그간의 어떤 오후보다 사이가 좋게.

    스스로 망가뜨린 기억도
    잊을 수 있게.

불분명한 미래만이 전부였을 때*

성동혁(시인)

이상하죠. 미래라는 말은.

미래가 언제 미래를 벗어나는지 모르지만 연덕은,

안부를 전하는 사람이었죠. 잊지 않고,

연덕이 전해 주던 긴 안부들을 읽으며,

우리가 지면에서 만날 거라는 걸 느낄 수 있었어요. 그

어떤 현재보다 확실히 느낄 수 있던 미래였어요.

미래에 당도하게 되면,

미래였던 일을 잃게 되는 건지 간직할 수 있게 되는 건

지 모르겠지만,

"간직하고 싶었어요."(「재와 사랑의 미래」, 43p)

* 「재와 사랑의 미래」(19p)

제게 도착한 이 두꺼운 원고는 분명, 연덕이 보낸 미래가 맞겠죠.

한 손에 쥐어지는 사랑의 괴로움은 중심의 밝기와 강도 물질의 열도를 은판 위에서 판단하기 어렵다는 것

매끄러운 표면을
수증기를
투명한 바닥이 모조리 받아 내던
반사광과 돌멩이들을

멸종된 나무들까지를 속속들이 알고 싶다면

나 자신보다 긴 시간 매일같이 펼쳐지는 새벽과 저녁 비밀스러운 노동을 견뎌야 한다는 것에 있지요.

한 사람으로
한 자세로 서 있어야 한다는 사실에 있지요.
　　　　　　　　　　　　—「재와 사랑의 미래」(98p)에서

사랑으로 해야 하는 일이 있고, 사랑만으로는 할 수 없는 일이 있죠. 연덕의 시를 읽는 일은 전자에 속하지만 발문을 쓰는 일은 후자에 가깝다 생각했어요. 연덕의 시집

이 근사하게 나오길 바랐던 한 독자로서 친구로서 할 수밖에 없던 고민이었어요. 저보다 좋은 눈을 가지고 좋은 문장을 쓰는 작가가 발문을 맡는 것이 낫지 않겠냐고, 신중히 생각해 보라고 연덕에게 답장을 보냈지요. 그러나 연덕에게 온 답은 명료하고 단호했죠. 스스로를 믿는 일은 어렵지만, 제게 원고를 맡긴 연덕의 마음을 믿는 건 왠지 쉬웠어요. 연덕은 나지막하고, 의연한 사람이니까. 미래를 미래로만 두지 않는 사람이니까.

"자신보다 긴 시간 매일같이 펼쳐지는 새벽과 저녁 비밀스러운 노동을 견"디는 사람의 말은, "한 사람으로/ 한 자세로 서 있어야 한다는 사실"을 아는 사람의 말은, 거절할 수도 허투루 흘려보낼 수도 없죠.

쉼 없고
끝없어 무서운 도형 같은 것*

"세계의 끝은 나뭇가지로 설명하기 어렵"(「재와 사랑의 미래」, 19p)죠. "점으로 선으로 같이 꾸는 꿈으로도" 설명할 수 없죠. "물이 끓는 시간처럼 정해진 게 아니"죠.

결국 가 보는 것만이, 알 수 있는 방법일 테죠.

* 「crop circle」

"어느 산에도 오른 적 없"(「소외보다 나은」)는 사람은 "어떤 길도 잃어 본 적 없"다는 말이, 저를 부끄럽게 했어요. 길을 잃지 않고, 바깥으로 쉬이 나서지 않는 저를요. 사랑은,

모르는 산을 오르는 일과 닮았겠죠. 길을 잃을지 모르지만, "밀려오는 가능성에 맞서 싸"(「재와 사랑의 미래」, 19p)우는 일이겠죠. "한번 생긴 숲은 아마 계속될 테"니, 멈추지 않고 산책을 계속하는 것이겠죠. 사랑은, 미래는, "들어오기 전으로는 돌아가지 못"하는 길로 나선 사람들의 것이겠죠.

"나무를 가르며 천천히 다가오는 운석이 보"여도, "대폭발" 앞에서도, "종말이란 말" 앞에서도, 그저 "나무 볼 거야."라고 말하는 사람의 결기는 어떤 걸까요. 종말이란 말이 작아진 건지, 떨어지는 운석 밑에서도 나무를 볼 거라 말하는 사람이 큰 건지 알 수 없죠. 알 수 있는 건, 나란히 누워 일렁이는 나무 그림자를 보고 있는 "우리"가, 운석이 떨어져도 자라날 미래의 씨앗이라는 거겠죠. 그러나,

나는 인간으로서 최선을 다했습니다*

자라나는 것이 두려운 순간이 있어요. 정적을 뚫고, 공

* 「재와 사랑의 미래」(98p)

간을 침범하며 자라나는 것들이 두려울 때가 있어요. 숲속으로 들어갈 엄두가 나지 않을 때가 있어요. 사람은, 사랑은, 종종 그러하죠. 사랑은 체력에 관한 일이기도 해서, 숨이 차기도 하죠.

자라나는 "생명은 가끔은 끔찍하고 거짓말 같"(「재와 사랑의 미래」, 19p)기도 하겠지만,

죽어서도 자라나는 손톱과, 계속되는 숲은 그러하겠지만

그저 "우리는 원으로 들어가고 있는"(「재와 사랑의 미래」, 43p) 겁니다.

할 수 있는 것이 "온 힘으로 기다려야 하는 것"뿐이라서

"누구도 뛰어들지 않은" 곳에서

"조용하게/ 벗어나지 못하"는 "원을 그리며"

"불분명한 미래만이 전부였을 때"(「재와 사랑의 미래」, 19p)에도 사라지지 않고

컴퍼스처럼 발을 딛고 서 있는 겁니다. "작은 점으로 시작된 여름이 피구공만큼 커지고, 공중을 떠다니고, 점점 더 커지다가 제 스스로 터질"(「재와 사랑의 미래」, 43p) 때까지, 있는 겁니다.

나는인간으로서최선을다했습니다사랑하고사랑받길원하는
인간으로서인내와용기호흡과성실믿음과오래참음과분위기로서
최선을다하지않는최선으로서성격아니취향웃음소리를개조해보

려는노력으로서얼마나투명한지얼마나어수선한지얼마나상처받

고상처주고잊기쉬운지켜켜이쌓여어지러이낡아가는내면을언어

채계를가꾸고들여다보길포기한인간으로서최선을다했습니다

——「재와 사랑의 미래」(98p)에서

미래는, 스스로 정할 수 없는 것이어서 온 힘을 다하고, 최선을 다하는 게 전부일 때가 많죠. 실은, 최선을 다하지 않고도 슬플 때가 더 많죠. 그러나 연덕은 끝끝내 최선을 다하는 사람. 최선을 다하고도 최선을 다했다는 말이 부끄러워 취소 선을 긋는 마음은, 얼마나 큰 최선일까요.

나를 포기하고 나아가는 건 쉬운 일이다

소진되는 건*

이번 겨울, 피가 멈추지 않아 응급실에 가곤 했어요. 구급차 안에서 응급실에서 피가 선명히 솟구칠수록, 나를 보는 사람들의 표정이 선명히 보일수록, 스스로가 희미해지는 것 같았어요. 선명한 것들이 저를 투명하게 지워 내는 것만 같았죠.

굳건히 서 있는 하얀 초가 흘러내리는 일은, 눈을 감아

* 「삼각산」

야 보이는 신은, 사랑은, 미래는, 그것들의 언어는 왜 모두 투명한 것일까요.

무엇을 믿는 건, 스스로의 자리를 줄이는 일이기도 하죠. 비워 내다 비워 내다 연소되기도 하는 것. 스스로를 포기하는 신앙을 언덕은 알고 있죠. 선명한 것들이 뜨거워지다 투명해지는 순간을요.

거칠고 하얗고 익숙한 풍경 까마득한 정상이 녹아 조금씩 깎이고 뭉쳐지는 산맥 앞에 서면 왜 눈물이 나지 살과 이슬 크고 작은 선분과 신음들 엎드린 채 지지부진 죽어 가는 모든 걸 어째서 한순간 다 잊게 되는 걸까 싸우는 정적 온 힘 다한 정지는 대체 언제 알게 된 걸까

(······)

가슴에서
한꺼번에 일렁이는 초

희고 둥근 빛 앞에 쭈그리고 앉아
뜨지도
지지도 않는 해를 바라보면
악 쓴 것처럼 뜨거워지고
침착해지는 기분

계곡이

분다 눈물처럼

———「삼각산」에서

"처음 같이 낯선" 슬픔이, "매일 밤 새로 태어나"도 언덕
은 끝까지 이런 말을 할 수 있는 사람이네요.

미리 알고 택할 기회가 있었다면 나는

초 만들기에 평생을 바쳤을 것이다.

———「rose wood oil」에서

잘 살자

이제 잘 살자*

"잘 살자,

이제 잘 살자."

도와주려는 사람들이 있었다.

(……)

무언가 도와주려는 사람이 되어

* 「재와 사랑의 미래」(43p)

228

"이제 잘 살자."

아무것도 보지 못하는 사람이 되어

수영모를 쓰고
복잡하게 고안된 컴퍼스를 쥔
미래로 가는 사람 곁에

모르는 사랑 곁에 서 있다.

　　　　　　　—「재와 사랑의 미래」(43p)에서

잘 사는 것이 무엇인지, 아직 모르겠어요.

연덕, 연덕의 사랑은, 연덕의 미래는,

잘 지내고 있나요. 건강한가요. 여전히 길 잃는 것을 두려워하지 않나요. 산을 올라 일렁이는 나무 그림자를 보고 있나요. 나란히 누워 반쯤 잠들어 있나요.

친구들의 모습을 보며 건강을 찾은 겨울이었어요. 친구들의 건강한 모습이 저를 건강하게 해요. 그 사실을 어떤 때보다 강하게 느낀 겨울이었어요. 연덕의 근면이, 하얗다가 투명해지는 결기가 한동안 제 건강이 될 거예요. 어떤 "마음을 견뎠어요".(「잠든 사람의 친구들」) 연덕 덕분에,

"거칠고 하얗고 익숙한"(「삼각산」) 겨울이 지나갔어요. 길을 나서, 사랑으로 만나는 사람들과 인사를 나눌 수 있을

것 같아요. 언덕처럼 "따뜻한/ 물"처럼 "만져 본 적 없는 투명하고 따뜻한 세계를 주"(「재와 사랑의 미래」, 98p)는 사람으로 지내고 싶어요.

우리는 잘 살아 보고 싶었답니다 주어진 빛무리 부드러운 기술을 최대한 활용해 서로를 자세히 들여다보고 싶었답니다 잘 말하고 잘 이해하고 싶었답니다

— 「재와 사랑의 미래」(180p)에서

도와주려는 사람들 속에 있는 언덕, 도와주려는 사람이 되어 있는 언덕, "누구도 다치게 하지 않는"(「재와 사랑의 미래」, 98p) 언덕,

"스스로 망가뜨린 기억"(「재와 사랑의 중추식 미래」, 219p)은 잊고 "그간의 어떤 오후보다 사이가 좋게" 봄을 맞이하길, "숨을 참고/ 숨을 배워"(「재와 사랑의 미래」, 211p) 사랑의 "일부"를 "잊지 않은 채" 더 큰 사랑의 일부가 되고 있길, 언덕과 주변에 "평화"가 "순간"이 내내 흐르길, 내내 건강하길, 이곳에서 기도할게요.

우린 평화로운 점심에 만나, 맛있는 걸 먹을 거예요. 멀지 않은 미래니 준비하고 있어요.

지은이   김연덕

1995년 서울에서 태어났다.
한국예술종합학교 서사창작과를 졸업했으며
2018 〈대산대학문학상〉을 통해 작품 활동을 시작했다.

재와 사랑의 미래

1판 1쇄 펴냄 2021년 3월 31일
1판 5쇄 펴냄 2024년 3월 26일

지은이 김연덕
발행인 박근섭, 박상준
펴낸곳 (주)민음사

출판등록 1966. 5.19. (제16-490호)
서울특별시 강남구 도산대로1길 62(신사동)
강남출판문화센터 5층 (06027)
대표전화 02-515-2000 / 팩시밀리 02-515-2007
www.minumsa.com

ISBN 978-89-374-0903-5 04810
      978-89-374-0802-1 (세트)

• 이 책은 서울특별시, 서울문화재단 '2021년 첫 책 발간 지원 사업'의
  지원을 받아 발간되었습니다.
• 잘못 만들어진 책은 구입처에서 교환해 드립니다.

민음의 시

목록